LE CHANT DES PIERRES

BERNADETTE PÉCASSOU

LE CHANT DES PIERRES

roman

ALBIN MICHEL

1

Angèle avance d'un pas vif. Elle peste contre sa jupe longue qui la gêne pour marcher, contre sa mère qui refuse qu'elle porte les mêmes pantalons que ses frères. Elle râle, mais rien n'y fait. Sa mère ne faiblit pas. Angèle se dit que lorsqu'elle sera grande, elle pourra enfin choisir ses vêtements. Et ce jour-là, elle ne portera que des pantalons ! Comme ses frères. En attendant, dès que sa mère a le dos tourné, elle relève sa jupe et la bloque au niveau des hanches. Toutes les femmes le font quand personne ne les voit. De toute manière, sur le sentier, Angèle ne croise personne. Les bergers sont aux estives, et y resteront jusqu'à l'automne. Quant aux carriers, ils ne redescendront au village qu'après la Toussaint.

Une fois par semaine, elle va porter un repas chaud à son père et à ses frères. Des jumeaux de dix-huit ans. Tâcherons payés au mètre cube de pierre extraite, ils travaillent au trou. Aucun des chefs et autres patrons qui viennent voir où en est la taille des blocs ne s'avise de leur chercher noise, car personne d'autre ne pourrait faire ce qu'ils font. Ils n'appartiennent à personne et ce qu'ils savent tient en deux mots :

la force et l'instinct. Solidaires, ils forment un bloc aussi dur que la pierre à laquelle ils s'attaquent. Leur travail est le même depuis des siècles. Ils vivent loin des villes et de l'urbanité. Ils sont des hommes du monde d'avant.

Dissimulée derrière une arête de rocher, Angèle écarquille les yeux. Son père et ses frères sont en passe de détacher un énorme bloc et ils ne veulent voir personne autour d'eux dans des moments pareils. Nul ne doit pénétrer l'enfer minéral depuis lequel ils défient le Ciel. Un défi, c'est comme ça qu'ils le vivent. Sinon quel imbécile irait juste pour quelques sous cogner à la seule force des bras sur des rochers monstrueux, centimètre par centimètre, et risquer de finir écrasé dessous comme un misérable insecte ? Les carriers sont des durs, mais pas des fous. Loin de tout, leur monde échappe à la servitude commune. Entre eux et le divin, la marge est la plus étroite qui se puisse trouver sur terre. Angèle ne le sait pas car les jumeaux ne lui ont jamais dit mais, tout là-haut, à force de vivre loin des plaines, des riches prairies et des douces collines, ils ont appris à parler une langue dont personne ne connaît l'existence. La langue déchirante de la pierre. Quand ils s'attaquent au rocher, ils l'entendent hurler et savent qu'ils arrachent à Dieu pire que ses entrailles. Ils mettent sa chair à vif. Quand l'orage se fracasse entre les parois à rendre sourd pour la vie entière, c'est Lui qui les menace. C'est Sa fureur divine. Dans ces heures-là, ils n'en mènent pas large. Quand les carriers tapent le caillou dans leur nid d'aigle, entre eux et

Dieu il n'y a que le vent. Dans ces solitudes de pierre tout se joue entre la vie et la mort.

Quand l'accident arrive, et il arrive souvent, les chairs qui éclatent, les râles de celui qui meurt écrasé dans d'affreuses souffrances, ça doit rester entre hommes. Les carriers ne veulent à aucun prix que leurs femmes et leurs filles puissent assister au drame. Les images, les hurlements, impossible de s'en défaire. Une hantise dans des nuits de cauchemar. En protéger leurs femmes et leurs filles, c'est la fierté de ces hommes. Ça suffit bien pour elles de pleurer les morts une fois descendus au village. Leurs fils, eux, doivent s'habituer, s'endurcir. Apprendre à devenir des hommes.

Ce matin, autour de Joseph Arguenos, ils sont concentrés. L'enjeu est de taille, l'arrachage compliqué. Au fond d'une ligne de trous percés à la barre à mine, ils ont mis un peu de poudre pour décrocher un bloc. Mais ça n'a pas suffi. Alors pour en finir, ils ont décidé d'y aller à l'ancienne. En force. Ils ont tendu des cordes passées sur leurs épaules, leur torse, maintenues à leur taille. Les jumeaux sont arc-boutés pour retenir la masse pendant que les deux autres la poussent par l'arrière avec les barres qui soulèvent et servent de repoussoir. Au sol, ils ont aligné des rondins de bois pour amortir le choc. Il y a dans l'air une tension à couper au couteau. L'effort est surhumain, le silence, total. Juste quelques cris, injonctions à peine audibles, pour se guider. Angèle cesse de respirer. Ses frères sont dos à la pierre, bras tendus le long du corps, mains agrippées pour retenir autant que possible un bloc aussi lourd que la montagne à laquelle ils l'arrachent. Les muscles des torses saillent, les visages sont déformés sous l'effort. Tétanisée, elle ne regarde qu'eux. Elle les a toujours vus comme des frères, jamais comme des hommes. Pour eux, elle est « la petite ». Quand elle est née, bien après eux, ils n'ont pas compris ce qu'elle venait faire, ni à quoi elle servait. Ce n'est que quand elle a commencé à marcher que leur regard sur elle a un peu changé. Ils l'ont trouvée mignonne, adorable même. Dans ses maladresses et ses jolies robes, elle les a fait fondre. Ils l'ont portée sur leurs épaules en courant et hennissant comme des chevaux pour la faire rire, et quand ils sont de bonne humeur, ils la roulent encore dans l'herbe ou la poursuivent en hurlant pour jouer à lui faire peur. Mais le plus souvent ils lui demandent de « dégager ». Ils ont autre chose à faire que de s'occuper d'une mioche. Angèle enrage de leur indifférence et de ce qu'ils lui en font voir de toutes les couleurs, mais elle n'imagine pas qu'il puisse leur arriver malheur.

Un grondement déchire le silence. La roche cède d'un coup. L'accident ! Elle se cache les yeux. Elle ne veut pas voir ses frères écrasés, son père broyé par la pierre. Elle tremble. Pourquoi ce silence ? Sont-ils tous morts ? Les yeux toujours masqués derrière ses petites mains, elle murmure une prière, implore Dieu de choisir un autre mort. N'importe lequel plutôt que les siens. Des cris. Elle ouvre les yeux. Le bloc est au sol, et les cris sont des cris de joie. Les hommes rient en se donnant l'accolade, ils sont heureux, fiers. Le bloc est magnifique.

– Tiens, tu es là toi ?

Angèle sursaute. Justin, le garde, est arrivé sans qu'elle l'entende. La guerre est déclarée, il vient l'annoncer. De quoi parle-t-il ? C'est quoi la guerre ? Il lui explique que les hommes valides et en âge de partir sont mobilisés, qu'ils vont se battre contre les Allemands. Angèle ne sait pas où est l'Allemagne, ne comprend pas vraiment de quoi il parle, mais les Allemands sont des humains, et se battre contre eux est bien moins dangereux que de défier les forces des ténèbres qui hantent la carrière !

Elle pense à la grande toile derrière l'autel de l'église, aux monstres peints dans le tréfonds de l'enfer, aux diables aux fourches acérées qui crachent des flammes et brûlent sur d'immenses bûchers de pauvres misérables dont les hurlements muets feraient frissonner le pire des mécréants. Les jumeaux sont loin d'être des anges, ils ont péché souvent. Angèle le sait, elle les espionne, rêvant de les accompagner, mais dès qu'elle est dans leurs pattes, ils la chassent d'un « Dégage ! » sans appel. Elle les a vus sortir en douce la nuit ou chaparder les pommes du voisin. Effrayée, elle se dit que s'ils meurent, ils iront droit en enfer. Alors, les Allemands, c'est mieux !

– Ah toi alors, s'étonne Justin, tu m'as l'air bien contente de voir partir les jumeaux ! Ils t'en font voir tant que ça ?

– Ne dis pas que tu m'as vue. Raconte-leur que maman te l'a donné pour eux, lui répond-elle en lui collant son panier entre les mains avant de filer.

2

Ils sont nombreux sur le quai de la gare de Bagnères. Tous ces hommes en uniforme, toutes ces familles agglutinées pour accompagner les leurs jusqu'au dernier moment. Il y a des rires, des pleurs, des prières muettes. Angèle n'a d'yeux que pour ses frères. Elle sent la tension autour d'elle, l'inquiétude mêlée de fierté des familles, mais elle est confiante. Les Allemands n'ont qu'à bien se tenir, se dit-elle. Quand on est capable d'arracher des morceaux de montagne, on ne risque rien. Ses frères sont aussi forts que les dieux. Et qu'ils sont beaux dans leur tenue bleu horizon. Quelle allure ils ont ! Mais quand elle voit sa mère les serrer de toutes ses forces contre elle, elle est bouleversée.

– Faites attention, mes garçons, faites attention, murmure Louise, les yeux remplis de larmes.

Joseph les prend à son tour dans ses bras. Fier, il retient son émotion. Angèle ne l'a jamais vu faire ce geste avant. Elle aussi veut leur dire au revoir. Clément l'attrape et la fait tournoyer en lui promettant de revenir très vite. Vincent lui pince la joue. La cloche résonne. Le train va partir. Ils se précipitent à l'intérieur du wagon. Bouleversés, Joseph et Louise fixent le train qui emporte leurs enfants. D'autres font de grands signes, agitent leurs mouchoirs en murmurant des mots d'amour. En larmes, Angèle court le long du train pour les apercevoir le plus longtemps possible, jusqu'au bout du quai, jusqu'au bout du souffle. « Dégage ! » lui crient-ils en riant, tout en lui envoyant des baisers d'amour à n'en plus pouvoir. Elle ne sait pas encore qu'elle les perd à jamais quand ils disparaissent au loin dans la fumée de la locomotive.

3

Comment Angèle pourrait-elle imaginer les années d'horreur qui vont se succéder ? Les milliers de morts effroyables dans la boue des tranchées, les visages déchiquetés par des tirs d'obus, les chairs à vif ? Les jours et les semaines qui suivent, son père passe ses journées prostré sous le manteau de la cheminée, le regard perdu dans les flammes.

Un matin, on frappe à la porte. Le voisin Marcel, un carrier, est accompagné de Robert, le maire du village. Les deux blocs de marbre, les derniers que les jumeaux ont détachés, ont été volés. Quand les équipes sont venues les prendre, ils avaient disparu.

– Des tonnes de roche ça ne s'évapore pas par enchantement ! s'énerve Joseph. On ne les met pas dans sa poche ! Il faut au moins dix hommes solides, des cordes, des charrues et plusieurs bœufs !

– Vous savez combien ça peut se revendre des blocs pareils ? intervient Robert. À Paris, le prix triple, ou quadruple ! Quand c'est pas plus ! Dans le temps, on les vendait 8 livres. Là-bas, il était facturé 27 livres, et quand on le livrait aux Bâtiments du roi, il en atteignait 42. Cinq fois plus. Toujours pareil, au passage certains s'en mettent plein les poches !

Marcel et Joseph n'en reviennent pas. Ils n'imaginaient pas un tel profit. Incrédule, Louise assiste à la conversation.

– Comment tu sais ça, toi, Robert ? demande Marcel, surpris.

– Ma sœur est aux archives. Elle a vu les comptes de l'époque. Tout est noté.

– Peut-être, mais ça n'explique toujours pas la disparition des blocs..., râle Marcel.

Le maire est dans tous ses états.

– Ceux qui ont fait le coup ont dû le prévoir longtemps à l'avance, c'est sûr. Mais où ont-ils pu aller ? Ils sont obligés de passer dans le village. Tu imagines le convoi ? Cinq paires de bœufs qui traversent les rues ? Un boucan pareil en pleine nuit, on l'aurait entendu !

– C'est peut-être les Espagnols..., avance Marcel. Il ne reste plus qu'eux dans la montagne, et les vieux...

– Et le col, ils le passent comment, tes Espagnols ? s'énerve le maire en levant les yeux au ciel. À dos d'âne ? Ne dis pas de bêtises, enfin ! Et toi, Joseph, tu ne dis rien. Tu en penses quoi ?

Le visage du père d'Angèle se ferme.

– Les vols et les trafics, il y en a toujours eu.

Les blocs, c'était le dernier travail de ses fils. Ils les avaient arrachés ensemble. La veille de leur départ, il leur a fait une promesse, les conserver jusqu'à leur retour. Et les emmener à Versailles, voir le château. Il s'entend encore leur expliquer que c'est le temple des grands marbres, que du sol au plafond on dit que le palais est entièrement recouvert de marbre pyrénéen. Qu'il y en a sur les murs, autour des fenêtres, partout ! Des colonnes énormes ! Joseph se tasse sur son fauteuil, on le sent loin, encore avec eux. Robert et Marcel, mal à l'aise, opinent et quittent rapidement la maison. Derrière la fenêtre, Louise les regarde s'éloigner.

– Ce vol, c'est un signe, murmure-t-elle. Cela fait des semaines qu'on n'a plus de nouvelles des garçons. Personne n'est capable de nous dire où ils sont…

– Arrête, Louise, arrête, dit Joseph entre ses dents. On a déjà eu cette conversation. Tu sais très bien qu'ils sont morts !

– Non ! Tant qu'on n'a pas vu les corps, on doit y croire ! Ils ne sont pas morts. Je le saurais s'ils l'étaient.

– Ils sont morts ! hurle alors Joseph. Ils sont morts ! Sinon on aurait des nouvelles. Lucien y était. Il a raconté, les cadavres partout, le massacre, les centaines, les milliers d'hommes en charpie ! Pas besoin d'aller aligner des chapelets dans ta foutue église, on y gèle pire que dans un tombeau ! Tout ce que tu gagneras, c'est d'attraper la crève !

Louise secoue la tête. Si ses fils étaient morts, elle le sentirait au plus profond de sa chair. Elle a rangé leurs vêtements dans l'armoire, lavé leurs draps et refait leurs lits. Les outils et les chaussures de chantier sont rangés sous l'escalier. Tout les attend. La maison est remplie de leur présence. Disparaître sans laisser de traces, ce n'est pas possible. Oui, ces deux blocs évanouis dans la nature, c'est un signe.

– Viens, Angèle.

La petite la suit, inquiète. Ces disputes entre ses parents lui font peur. Elles sont nouvelles et elle ne sait lequel des deux croire.

Des bougies vacillent au pied de l'autel et éclairent la nef d'un vague halo. Angèle serre sa pèlerine contre elle. Dans l'église, il fait encore plus froid qu'à l'extérieur. Pourtant, Angèle aime son atmosphère particulière, cette odeur, ce mélange de pierre humide et d'encens, ce silence qui ne ressemble à aucun autre. Le regard des statues la fascine. Elles écoutent les prières et les plaintes depuis la nuit des temps. La petite les trouve belles, étrangement fixes. D'où viennent-elles, ces figures de plâtre ? Renaissent-elles la nuit quand tout le monde dort ? Angèle aimerait se faufiler un soir pour vérifier. Elle verrait peut-être alors le bel archange Michel combattre le diable, l'écraser sous son pied… Ce diable qui lui fait si peur. Un jour, s'il s'emparait de la lance de l'archange et reprenait le pouvoir, que se passerait-il ? Dieu viendrait-Il au secours de l'ange ? Dieu protège-t-Il les jumeaux, et sait-Il toutes les bêtises qu'ils ont faites ? Le curé a insisté sur le fait qu'Il voit tout et punit les voleurs et les mécréants. Angèle jette un nouveau coup d'œil au diable, et lui trouve un drôle d'air, avec ses écailles et ses doigts crochus pour agripper les pauvres égarés.

– Maman, chuchote-t-elle fébrilement, tu crois que si les jumeaux sont vraiment morts, ils iront en enfer ?

Louise sursaute, horrifiée.

– Arrête avec tes bêtises ! Tes frères sont vivants, je te dis ! D'où tu sors des idées pareilles ?

– C'est à cause du diable…

– Comment ça ?

– J'ai peur que le diable leur fasse du mal.

– Ce sont les hommes qui font du mal, pas le diable ! Regarde, la sainte Vierge, elle nous sourit, elle va nous aider…

Angèle suit son regard.

– Les jumeaux sont vivants, je les entends. Ils m'appellent.

Sa mère n'est plus comme avant. Elle ne cesse de parler toute seule, de s'adresser à ses fils, de les rassurer, de leur dire qu'elle va les retrouver. Qu'elle viendra les chercher où qu'ils soient, même au ciel. Angèle aimerait qu'elle s'arrête, elle lui fait peur. Elle voudrait se confier à son père, mais lui aussi a changé. Plus rien ne l'intéresse. Il dit qu'il va remonter à la carrière dès que le gel aura passé. Perdue, Angèle se raccroche à la seule chose dont elle est sûre, sa mère ne ment jamais. Alors si elle affirme que ses frères sont vivants, c'est qu'ils le sont. À genoux, elle se met à réciter le credo avec ferveur. Avec une émotion qui lui coupe le souffle, et des larmes qu'elle a du mal à retenir.

Dans la petite chapelle, le diable se rapproche et la regarde, menaçant.

– Maman !

– Oui, qu'est-ce qu'il y a ?

– C'est le diable, là…

– Mais ça suffit ! Qu'est-ce que tu as avec ce diable ? Tu vois bien que ce n'est qu'une statue de plâtre, enfin !

Angèle a envie de lui répondre que la sainte Vierge aussi est une statue de plâtre, mais il faudrait lui avouer les raisons de sa peur, et ce serait trahir les jumeaux, alors elle se tait. Angèle se tait souvent depuis quelque temps. La face d'ébène a un sourire diabolique et l'archange est à deux doigts de ne plus pouvoir le retenir. Paniquée, Angèle se répète que dimanche, M. le curé interviendra du haut de sa chaire.

Le grincement de la porte la fait sursauter. Elle se retourne et reconnaît Sophie Gruet et sa mère qui viennent d'entrer. La fille et l'épouse du plus gros marbrier de la ville, Louis Gruet. D'un geste délicat, du bout de leurs mains gantées, Angèle voit les deux femmes relever l'assise de leurs chaises de famille et s'agenouiller sur le velours capitonné du prie-dieu. Qui est le jeune homme à côté de Sophie ? Son frère, sans doute. Celui qu'on ne voit jamais et dont on dit qu'il est parti faire des études de théâtre, au grand désespoir de son père qui voyait en lui son successeur. Angèle ne peut détacher son regard de la jeune femme. Que Sophie est belle avec ses longs cheveux blonds ! Mais, soudain, elle la voit fondre en larmes. Sa mère lui tend un mouchoir en murmurant quelque chose qu'Angèle n'arrive pas à entendre. Quelle peine peut bien avoir une fille comme elle ? À ses côtés, le jeune homme n'esquisse pas le moindre geste. Sa raideur est étrange. Ses lèvres restent closes. Angèle le trouve peu attirant. Pas comme Sophie. Quand elle sera grande, elle aimerait bien avoir la même grâce.

4

Cette fois l'annonce est officielle, les jumeaux sont morts. Angèle entend à peine le messager dire à ses parents que leurs corps ont été retrouvés sur le Chemin des Dames. « Morts ». Le mot résonne dans le silence de la maison. Un gouffre de vide déchire le ventre de l'enfant. Joseph fixe le messager, hagard.

– Les obus sont tombés en masse. Aucun corps n'est récupérable. Mais j'ai ceci pour vous…

Il tend sa main ouverte et Louise pousse un cri déchirant. Leurs médailles de baptême ! Les jumeaux les portaient en permanence autour du cou. Ce sont bien celles du Bon Pasteur avec l'enfant et l'agneau entre ses bras. Celle de Vincent comme neuve, et celle de Clément tout abîmée parce qu'il avait la manie de la porter à sa bouche et d'en mordiller les bords. Angèle voit son père blêmir. Le messager compatit, ne s'attarde pas et s'en va en tortillant son béret entre ses doigts. Joseph avait beau se douter que ses fils étaient morts, il se raccrochait en secret aux certitudes de sa femme. À quoi se raccrocher désormais ? Comment survivre à ses fils ? Comment supporter le regard effrayé de sa toute petite ? Comment consoler Louise alors qu'il est lui-même écrasé par le désespoir ? Il essuie son visage d'un revers de manche, attrape sa besace et sa massette rangées sous l'escalier, et enfile sa veste. Incrédule, Louise le regarde. Partir maintenant ? Après un tel drame ? Monter à la carrière alors que la saison est finie et que l'hiver arrive ? Sur le seuil de la porte, Joseph se retourne, hésite, puis baisse la tête et s'en va. Angèle observe la scène, terrifiée, et Louise regarde son mari disparaître dans la brume avant de se laisser glisser au sol, sans bruit. Angèle se précipite.

– Maman ! Maman !

Elle agrippe la main de sa mère en sanglotant. Ce cri aigu, cette main crispée sur la sienne, sa petite qui la fixe avec terreur, ses yeux écarquillés qui lui mangent le visage, Louise se ressaisit. Elle prend sa petite fille dans ses bras, la serre à l'étouffer. Angèle s'accroche à elle en tremblant. Quand le jour tombe elles sont toujours serrées l'une contre l'autre devant la porte laissée grande ouverte, tandis que la montagne se perd dans la nuit sous un vent glacé. Louise pose un baiser sur les cheveux de l'enfant.

– Viens, rentrons, lui dit-elle en se levant pour refermer la porte, c'est l'heure de la soupe.

5

Les pierres du sentier roulent sous les pas de Joseph. Sa gabardine épaisse coupe le vent glacial, mais ne le réchauffe pas. Il a mal, et il a honte. Il aurait dû rester près de Louise et d'Angèle ce soir-là, mais il n'a pas pu. Le vent de la nuit souffle sur son visage. Il regarde la montagne, les premières neiges sur les sommets. Une larme glisse sur ce visage buriné que le soleil et le gel des montagnes ont creusé d'ombres et de sillons. Il devait partir. Ces derniers jours ont anéanti sa résistance. Se retrouver le seul homme à la table familiale était au-dessus de ses forces. Ce moment du repas avec ses fils, pendant que Louise et Angèle s'affairaient en cuisine dans une maison impeccablement tenue, c'était pour Joseph Arguenos tout ce qu'un homme peut espérer en ce monde. Avec les jumeaux, il y avait toujours des choses à dire. Préparer le travail de la saison suivante, préciser les choix à faire pour l'arrachage, prévoir les quantités de marbre à sortir. Joueurs jusque dans les coups durs, les jumeaux se comprenaient sans parler, leur harmonie était totale et leur réactivité surprenante. Joseph était fier d'avoir bâti de pareils garçons. Tout le monde les aimait. Même les bagarres avec eux ne se terminaient jamais mal. Joseph a entendu dire qu'ils séduisaient les filles aux bals des villages alentour, mais en réalité ils séduisaient tout le monde. Leur joie de vivre était contagieuse. Ils semblaient détenir la clef du bonheur. Il se souvient d'interminables parties de belote au café avec eux, ou de longues discussions autour de matchs de rugby. Tous trois formaient un clan qui parlait le même langage. Ils partageaient la même passion de la pierre. Joseph la leur avait transmise, tout appris du marbre, de tous ces minéraux aux pouvoirs magiques et inconnus de la plupart des hommes. Il leur avait tout donné.

Une seule fois, il leur a refusé quelque chose. Et ce refus lui fait mal aujourd'hui. Pourquoi diable s'était-il braqué contre ce petit chien pelé qu'ils avaient trouvé un soir d'hiver ? Il avait prétexté que garder un animal dans une carrière, c'était trop dangereux. Angèle avait affirmé qu'elle s'en occuperait la journée, mais Joseph avait tenu bon. Il se rappelle le visage buté et interrogatif de la fillette quand il s'était montré intransigeant. Depuis la mort de ses frères, le soir, à table, elle l'observe avec des yeux démesurément ouverts comme ce jour-là, comme si elle attendait des réponses. Il voudrait lui en donner, au moins lui parler, la rassurer, mais il n'a pas les mots. Il sait parler de la pierre, du mystère du marbre, du soleil qui brûle et du gel qui arrache la peau des mains sur les masses, mais il ne sait pas comment parler à sa petite Angèle de ses frères disparus. Il a essayé, rien n'est sorti. Il n'a su que poser un baiser de père aimant sur son front et partir. Il l'aime et il aime sa femme, mais il ne sait pas le leur dire. Le silence entre eux devenait trop lourd.

Joseph a marché sans s'en rendre compte. La carrière se dresse soudain devant lui, majestueuse. Il la regarde. Tous les jours que Dieu fait, il a craint Sa divine colère, Ses fureurs assourdissantes, les éclairs aveuglants de Ses orages en pensant qu'un jour la foudre pourrait tomber sur ses fils et les ensevelir sous la boue. Ou les écraser sous la roche. Aujourd'hui, il sait que ce qu'il aurait dû craindre n'est ni la carrière ni l'orage, mais les hommes. Leurs conflits incessants, leurs guerres meurtrières.

Dans la montagne de pierre, loin des hommes, Joseph Arguenos a rejoint ses fils. Dans la solitude de la carrière, avec leurs fantômes, il vit.

6

Les jours passent, puis les semaines. Angèle guette en vain le retour de son père. Elle voit sa mère, le soir, jeter des coups d'œil discrets en direction de la porte. Elles l'attendent en silence. Son abandon, elles le prennent en plein cœur.

Abel le berger leur donne des nouvelles. Il l'a vu taper la roche comme un forcené. Il l'a appelé, mais Joseph n'a pas répondu. Il ne s'est même pas retourné. Louise refuse de monter le chercher. Pas parce qu'Abel l'en décourage, et qu'il lui répète que pour son mari, travailler la pierre, le marbre c'est la seule manière qu'il a trouvée pour supporter l'absence, non, Louise reste à la maison parce qu'elle est trop fière pour quémander son retour. S'il ne veut pas revenir, qu'il reste dans ses montagnes ! Ce lien qu'il a avec le marbre, cette quête forcenée, cette certitude d'arracher à Dieu son chef-d'œuvre absolu, elle ne l'a jamais compris. Pour elle, le marbre, ce n'est que de la pierre. En plus beau peut-être, mais de la pierre quand même. Son mystère, elle ne l'a jamais saisi. Pourtant, il n'a cessé de le lui expliquer.

– Rien ne peut égaler le mystère du marbre sur cette terre.

Une pierre, tu peux la frotter, la polir, c'est juste de la pierre. Sous sa carapace terne le marbre vibre, tu le polis, il se réveille et réveille avec lui des mondes dont tu n'as pas idée. Ses couleurs apparaissent, traversées de signes cabalistiques venus de la nuit des temps. Il a emprisonné des tempêtes, des luttes, des fusions, des soulèvements millénaires, des dinosaures et de misérables insectes qui n'existent même plus. Les poissons des grands océans, des larves. Nos marbres sont mille fois plus riches que le diamant ne le sera jamais. Ils ont plus de valeur que tout l'or et tous les diamants du monde.

Il s'exaltait, Louise était exaspérée.

– Si le marbre valait plus que l'or, à Carrare il suffirait de se baisser pour devenir riche à millions !

– C'est ce qu'ils font, compte sur eux ! Mais le Carrare est blanc. Toujours blanc. Alors que nos marbres ont des couleurs fascinantes. Ils sont rares, difficiles à extraire, et en quantités limitées. Un roi ne s'y est pas trompé. Ils sont ceux du plus flamboyant des palais, Versailles !

Versailles ! Il en parlait comme s'il y avait mis les pieds ! Louise, agacée, finissait par se taire. Cet amour du marbre qui tournait parfois à l'obsession, Joseph l'avait transmis aux garçons, comme son grand-père et son père le lui avait transmis autrefois. Alfred, le vieil Arguenos, était un carrier réputé, on disait qu'il avait un don. Celui de savoir projeter, au seul jugé du terrain et de la nature des roches, une évaluation des veines et des blocs possibles à extraire sur plus d'une année complète. Aucun ingénieur ni géologue n'en était capable. Alfred, lui, observait minutieusement la nature des plantes qui recouvraient la carrière, la hauteur de la végétation, des arbustes, des arbres, toutes sortes de détails, et il en déduisait la meilleure taille possible.

Alfred parlait comme un conteur. Il disait que, depuis l'époque romaine, la connaissance des carriers pyrénéens était exceptionnelle parce qu'elle s'était enrichie de pratiques apportées par des hommes attirés comme des mouches par les couleurs fabuleuses des marbres locaux. Ils venaient des terres du nord, de partout. Des explorateurs, des aventuriers, des Savoyards, des Flamands, des Suisses, tous étaient fascinés par les rouges, les jaunes, les verts, les somptueux mélanges qui apparaissaient sous la couche grisâtre de la roche pyrénéenne. Mais pour la passion du roi qui voulait briller autant que le soleil, ces carrières étaient devenues chasse gardée. Hubert Misson, marbrier en chef de Louis XIV, avait été chargé de leur gestion et de leur surveillance. À peine des blocs étaient-ils arrachés dans l'une ou l'autre de ces carrières qu'il les envoyait à Versailles au fur et à mesure pour y faire tailler les colonnes du palais, les dalles des sols et les plaques des murs, les décors sculptés des cheminées. L'immense galerie des Glaces avait à elle seule nécessité plus de mille deux cent vingt-quatre mètres carrés de marbre contre à peine deux cent trente-cinq mètres carrés de miroirs ! « On aurait dû l'appeler la galerie des Marbres », concluait Alfred gravement. Et la suite était toujours la même, se rappelle Louise. Le vieil Alfred parlait des trafics, qui explosaient. Récupération de chutes, détournements de plaques et vols de blocs, chacun estimait avoir un droit sur ce fabuleux matériau et, en ces terres lointaines, on se passait facilement de l'agrément royal. Un certain Cuvellier se permit même de douter très officiellement du droit du roi de s'attribuer les carrières pyrénéennes. Après tout, il n'y avait nulle trace écrite ! Mais son courrier se perdit dans le dédale des ministères et rien, jamais, ne fut éclairci.

Une histoire amusait particulièrement Alfred, se rappelle Louise, un détournement spectaculaire. Une incroyable saisie sur le port de Bordeaux de plusieurs tonnes de marbre rouge destiné à la grande Catherine de Russie. L'exploitation en avait été interdite, mais sa sublime couleur était si étonnante que la reine n'avait pas résisté à l'envie de s'en procurer. Comme de nombreux aventuriers, gentilshommes, marchands et hommes d'Église. Tous étaient prêts à risquer leur fortune pour ces marbres exceptionnels. Pendant qu'ils s'enrichissaient ou perdaient tout dans une saisie, les carriers accumulaient un autre trésor aussi impalpable que précieux : le savoir-faire. Confrontés à des conditions de recherche et d'extraction dantesques et périlleuses, ils perfectionnaient leur art.

Alfred racontait que le grand-père de Joseph avait croisé un certain Saubiac. Pour cet homme, la nature formait un tout indissociable. Plantes, animaux, arbres et pierres. Il avait appris à Alfred l'importance de la vue, de l'ouïe, du toucher, et lui avait expliqué que le marbre souffrait quand les humains l'arrachaient, qu'il pansait ses plaies sous terre, et repoussait loin des regards. Il affirmait qu'un architecte romain du Ier siècle avant Jésus-Christ avait dit que toutes les régions de la terre « engendraient » des marbres vivants comme une femme engendre des enfants. Saubiac parlait bien, calmement. Impressionné, le grand-père l'avait écouté attentivement, et avait gardé de ses affirmations une vague inquiétude. Les pierres souffraient-elles comme Saubiac l'affirmait ? Possédaient-elles des pouvoirs divins comme il était écrit dans les lapidaires chrétiens ? Dans l'Exode, où il est dit que le pectoral d'Aaron doit être garni de douze pierres gravées pour protéger Moïse. Dans l'Apocalypse, où il est écrit que la Jérusalem céleste doit sa puissance et son éclat aux pierres qui la composent, jaspe, saphir, calcédoine, émeraude, sardonyx, sardoine, chrysolite, topaze, améthyste… L'aura divine des marbres venant de ces textes très anciens, le vieil Arguenos s'était rangé à l'avis de Saubiac, les marbres vivaient. Ils avaient un pouvoir.

Louise ne peut lutter contre cet engouement familial, mystique. Elle revoit ses fils, captivés par les récits de leur grand-père sur les sultans de Byzance, qui dépensaient des fortunes et déployaient des trésors d'imagination pour transporter les blocs jusqu'en leurs très lointaines contrées. Ses fils étaient les héritiers de ce monde fabuleux et hors du temps. « J'ai connu des carriers qui n'entendaient plus raison. Comme des joueurs pris au piège, ils ont abandonné femmes et enfants pour ratisser la montagne, découvrir une nouvelle veine, une nouvelle couleur. » Jeune, Louise frémissait en entendant le vieil Arguenos. Mais elle s'était rassurée, Joseph n'était pas fou. Pourtant, devant sa passion pour le marbre, elle ressentait une pointe de jalousie. Mais depuis qu'il les a quittées pour la carrière, ce qu'elle ressent est quelque chose de plus profond, de plus grave, et par moments, proche de la haine.

7

Angèle n'arrive pas à trouver le sommeil. Le cœur meurtri, elle pense aux jumeaux. À Vincent et à Clément, à leur rire, à leurs vestes qui prenaient toute la place dans l'entrée et qui la faisaient tant rager quand ils les laissaient pendre et qu'elles gouttaient, toutes mouillées. À leurs godasses mal alignées et toujours pleines de boue. Cette boue dont Louise se demandait où ils allaient la chercher et dans laquelle ils sont tombés face contre terre, au Chemin des Dames. Un bien joli nom pour une histoire aussi laide. La dernière fois, elle est allée chercher le lait à la ferme, Lucien lui a parlé de « cette horrible bouillasse des tranchées ». Il est parti au front dans le même train que les jumeaux, et il est revenu dans un sale état. Une balle lui a fendu le bas du visage dans les champs de la Somme. Ce soir, dès qu'Angèle arrive avec son pot au lait, elle s'approche de lui et lui crache droit dans les yeux que le bon Dieu ne protège ni les familles ni les enfants, et qu'il y a plein et plein de morts.

– À l'église, M. le curé dit n'importe quoi, enrage-t-elle. C'est un menteur !

Elle dit ça, comme ça. De but en blanc. Il fallait que ça sorte.

Après un temps de surprise, Lucien éclate d'un rire incontrôlable. Un drôle de rire, pas humain du tout. Comme un râle de moteur enrayé.

– Oui, oui, éructe-t-il entre deux borborygmes. Un menteur ! Oui, oui.

– Qu'est-ce qu'il a à rire comme ça ? demande sa mère qui revient de la grange avec le pot au lait.

Angèle s'en sort par une boutade, récupère le pot au lait et s'apprête à partir quand Lucien lui fait signe de s'approcher. Il lui raconte quelque chose, mais elle ne comprend pas bien, lui fait répéter.

– C'est pas vrai. Tu dis n'importe quoi.

Il la retient par le bras, s'agite, lui fait comprendre à force gestes et mimiques que ce qu'il dit est vrai de vrai. Il n'a pas fini, mais elle ne veut plus l'écouter et file sans attendre, contrariée.

– Qu'est-ce que tu lui as dit ? demande sa mère intriguée. Elle n'a pas l'air contente.

Lucien secoue la tête et détourne le regard.

Angèle court. Ça cogne dans ses tempes, avant de rentrer elle s'arrête contre le tronc d'un gros chêne, essaie de se calmer et de se remettre les idées en place. La guerre a abîmé le cerveau de Lucien, comme ceux de son père, de sa mère et de M. le curé. Comme le cerveau de tout le monde. Les jumeaux n'étaient pas des buveurs ni des coureurs, contrairement à ce que Lucien prétend, ils étaient de vrais hommes capables d'affronter les fureurs de la montagne comme personne avant eux. Ils étaient des héros magnifiques ! Elle les aimait plus que tout et ils sont morts pour rien. Les larmes lui viennent, elle pleure à s'en étouffer. Elle ne savait pas que ça pouvait être si bête, si terrible, et faire autant de mal à tant de monde, la guerre.

8

Les trois enfants marchent sur le chemin de l'école. Angèle aime faire le trajet avec Élise et François. Ce sont ses meilleurs amis.

– Mes parents se sont encore disputés à cause de ton père, lance le petit garçon.

– Pourquoi tu dis ça ? demande Angèle, surprise.

– Oui, c'est vrai, enchaîne Élise, plus bavarde que son frère. Ton père n'est plus pareil depuis la mort des jumeaux. Quand il a dit au nôtre qu'il ne continuait pas à la carrière, papa est allé voir Germain Arras à Bagnères et il a été embauché à l'usinage.

– Ah bon ?

Stupéfaite, Angèle s'arrête. Elle ne comprend pas.

– Tu es sûre ?

Comment son père pourrait-il abandonner cette carrière dans laquelle Marcel et lui travaillent depuis toujours ? Celle où ses frères ont tout appris du métier ?

– Oui, je suis sûre, affirme Élise.

Mais alors où est son père s'il n'est plus à la carrière ? Que fait-il toute la journée ?

– Papa dit qu'à deux ils ne pouvaient plus extraire suffisamment de blocs, reprend François. Pas sans marteau perforateur. Mais ton père, l'électricité et les machines, il ne veut pas en entendre parler.

Depuis que l'électricité est arrivée dans la montagne, la situation évolue à une vitesse inimaginable. Le secteur a fait un bond de cinquante ans en quelques années et les grandes sociétés entreprennent des travaux titanesques grâce à la force motrice de l'eau. Ils arrachent les arbres, font exploser les obstacles et construisent des barrages et des canaux, des conduites forcées avec des turbines. Ils créent des chutes et de l'énergie, éventrent la montagne pour générer du 2 000 volts qu'ils envoient jusqu'aux marbreries où les ouvriers débitent désormais les blocs à une vitesse inouïe. Les premiers fils de sciage et les marteaux perforateurs apparaissent et font des miracles.

Le progrès galvanise les équipes, et les forçats à l'ancienne comme Joseph en prennent un coup. On les respecte, on reconnaît leur courage, mais ils font déjà partie du passé. Joseph est l'un des derniers à travailler avec sa massette et sa barre à mine. Au rythme des saisons. L'hiver, ils laissaient la carrière se reposer, la nettoyaient, coupaient du bois. Et le soir, au café du village tout en fumant des cigarettes qu'ils roulaient tranquillement, ils jouaient à la belote avec les autres carriers. Ils tapaient le carton sur des tables de bois usé de leurs gestes répétés et Angèle se demandait comment c'était possible d'user du bois de chêne rien qu'en tapant du poing à chaque fin de partie.

– Ton père, il a quand même de drôles d'idées, râle François. Pourquoi il n'aime pas les machines alors qu'elles sont incroyables ? Il devrait se faire embaucher à Bagnères comme papa. Maman dit qu'il est têtu comme un âne, qu'il ne pense qu'à lui, et pas à vous.

La phrase résonne douloureusement dans la tête d'Angèle. Elle fait écho à son profond chagrin.

– Qu'est-ce que tu en sais, toi, de ce que doit faire mon père ? explose-t-elle. Bien sûr qu'il pense à moi ! Occupe-toi de ce qui te regarde !

– Pourquoi tu t'énerves ?

– Puisque tu es si malin, tu n'as qu'à y aller tout seul à l'école. Dégage !

François s'éloigne en maugréant, les filles ne savent jamais ce qu'elles veulent. Il pensait qu'Angèle serait contente à l'idée que son père soit obligé de se faire embaucher à Bagnères et voilà qu'il se fait engueuler.

Ce « Dégage » venu spontanément dans sa bouche, Angèle l'a reconnu. C'est celui des jumeaux. Mais la virulence du ton, c'est la sienne. Eux s'amusaient de tout, la vie n'était jamais grave. Quand ils étaient encore enfants et qu'elle était haute comme trois pommes, le soir ils faisaient griller des châtaignes devant la cheminée. Joseph leur expliquait le travail qu'ils feraient là-haut quand ils seraient grands.

– Ceux qui n'y connaissent rien croient qu'on y tape la pierre en force comme des bourrins, alors que c'est tout le contraire. On y va avec notre tête, avec précision, pour ne pas gâcher la matière. On cogne sur le rocher et on écoute le son qu'il rend. Au son, on devine la faille, l'endroit précis où on peut atteindre la belle veine et l'attaquer sans tout abîmer. Et quand on a fini, on nettoie. Faut pas croire, il n'y a pas que les femmes qui passent le balai. Garder la carrière propre c'est ce que vous ferez. On la respecte. C'est ça, le beau métier.

Visage rougi par les flammes Angèle buvait les paroles de son père pendant que les jumeaux s'empiffraient de châtaignes.

– Les garçons ! Vous m'écoutez !

Il élevait la voix et ils rentraient dans le rang. Bien qu'ils n'aient jamais reçu la moindre torgnole de la part de leur père, quelque chose leur disait qu'il valait mieux ne pas tenter le diable. Mais ils avaient un atout pour faire retomber la pression quand ça sentait le roussi. Une particularité dans le regard qui les rendait irrésistibles. Une petite tache sombre à la limite des cils du bas, qui leur donnait un air émouvant, sans qu'on comprenne d'où ce sentiment pouvait bien provenir. Personne ne résistait à ce regard étrange et à leur éclatant sourire. Pas même Joseph qui, ce soir-là, avait juste froncé les sourcils et continué son explication. Les jumeaux étaient les seuls à pouvoir l'attendrir. Il ne leur passait pas tout, bien au contraire. Il était plus sévère avec eux qu'avec elle. Angèle les enviait. Elle voyait dans ses yeux brillants la fierté et l'émotion qui le gagnait tout entier quand il les regardait en parlant.

– Bon, je continue. Pour ouvrir le rocher, le travail se fait à deux. Un tient la barre à mine, et l'autre tape dessus avec une massette, délicatement, en tournant la barre à chaque fois pour ne pas la déformer. Trou après trou sur une ligne. Il faut être concentré, précis, viser droit. Sinon la masse dérape et l'autre se la prend en pleine figure. La sélection est impitoyable. Vous m'écoutez ?

Bouche pleine de châtaignes, les jumeaux avaient sursauté.

– Quand vous monterez avec moi là-haut, vous vous en souviendrez !

Ils avaient opiné avec un grand sourire.

Jamais la barre entre les mains de ses frères ne s'est déformée et tous les carriers le disent encore. Ils formaient un duo exceptionnel. Ils étaient doués, précis, soignés. Joseph avait fait de ses fils les princes du métier.

Angèle a passé la journée à ruminer la nouvelle de François et Élise. Quand elle retrouve enfin sa mère, Louise confirme. Marcel travaillera désormais en bas pour Arras, et Joseph, lui, ira dans d'autres carrières, là-haut, selon les besoins. La fillette est assommée.

– Et sa carrière ?

– Elle va fermer.

– Papa, il va redescendre alors ?

– Non. Il va rester là-haut et utiliser la cabane pour dormir.

Catherine, leur voisine, la femme de Marcel et la mère de François et d'Élise, les interrompt :

– Moi, je suis drôlement soulagée que Marcel n'aille plus à la carrière. Il n'est plus assez jeune pour un travail pareil !

Angèle n'écoute pas l'amie de sa mère. Tout ce qu'elle

retient, c'est que son père ne redescendra pas. Il ne veut plus les retrouver. Compte-t-elle donc si peu pour lui ?

– Enfin, je vais pouvoir dormir sur mes deux oreilles et ne plus redouter l'accident ! poursuit Catherine. Il faut que tu arrives à convaincre Joseph de descendre, Louise. À la marbrerie, le travail est beaucoup plus facile et plus sûr, et il pourra rentrer tous les soirs. Vraiment, tu dois lui parler.

Angèle voit le visage de sa mère se crisper. Louise sait que Joseph n'ira jamais à l'usine et Catherine le sait aussi, alors, à quoi bon ?

– Tu sais très bien qu'il n'écoute personne.

– Je sais. C'est pour ça que j'en ai touché un mot au maire.

Louise sursaute.

– Tu as fait quoi ?

– Je lui ai parlé…

– Mais pourquoi ?

Louise est estomaquée.

– Parce que c'est bien trop dangereux ! Tu l'imagines, tout seul là-haut ?

– Parfaitement, figure-toi ! Je passe même beaucoup de temps à l'imaginer là-haut !

– Ne t'énerve pas, Louise. Je l'ai fait pour toi.

– Je ne t'ai rien demandé, je… je…

Submergée par ses émotions, Louise en bafouille. Elle se sent faible, incapable de garder son homme, de maintenir sa famille à flot.

– Je n'y arrive plus…, finit-elle par dire, la voix étranglée par les larmes.

– Je le sais, Louise. Et tu peux compter sur moi. Maintenant que Robert est au courant, il va convaincre Joseph. Et tu n'auras plus à redouter qu'il lui arrive quelque chose. Un éboulis, la foudre, ou n'importe quoi d'autre. Robert en serait responsable en tant que maire, il le sait. Il va aller le voir lundi pour lui parler.

Louise secoue la tête. Joseph n'écoute personne. Elle sait déjà que Robert va se casser le nez.

– De toute manière, murmure Catherine, il m'a assuré que s'il n'arrivait pas à le déloger de la cabane, il le pousserait dehors !

Angèle a entendu. Son père que tout le monde admire, jeté dehors comme un vaurien ! Quelle humiliation ! L'idée lui est insupportable. Elle doit le prévenir. Demain, elle ira à la carrière juste après la messe. Elle lui parlera et parviendra à le convaincre de revenir vivre avec sa mère et elle. Oui, c'est sûr. Demain, il reviendra. Mais il faut que personne ne le sache. Qu'elle soit discrète, que personne ne se doute de rien parce qu'elle a trop honte, et peur aussi de la réaction de son père, de ne pas être suffisamment aimable pour qu'il ait envie de la retrouver. Dans sa tête d'enfant, les pensées se bousculent et font mal.

9

Le chemin lui semble plus long qu'avant, plus difficile aussi. Elle n'y est pas revenue depuis le jour de la déclaration de guerre. La végétation a tellement poussé qu'Angèle reconnaît à peine les lieux. Elle se faufile entre des murs de lichen en se demandant comment son père a pu laisser ainsi la nature dévorer les lieux. Ce fouillis ne lui ressemble pas, lui qui est si méticuleux. Elle avance en repoussant les branches, et s'arrête juste avant de faire le dernier pas. Elle n'a pas le droit d'être là. Son père sera furieux quand il la verra. Mais quand elle lui expliquera les intentions du maire, il sera fier d'elle, de son courage. Et peut-être alors aura-t-il envie de s'occuper d'elle de nouveau ? Angèle avance. Oui, son père va se souvenir qu'autrefois il l'aimait. Elle entre dans la carrière, avant de s'immobiliser, saisie.

C'est la première fois qu'elle voit les lieux déserts. Le vent s'engouffre en sifflant et butte contre la pierre qu'il use depuis des milliers d'années. Dans cette masse minérale dure et froide qui monte haut et l'enferme, Angèle recule. Elle a peur. Le ciel s'est couvert et la brume est tombée, enveloppant toutes choses. Elle a l'impression de profaner l'endroit. Ce n'est pas sa place. C'était celle de ses frères, de son père. Ici, elle n'a aucun droit.

Un craquement la fait sursauter. Elle se retourne. Rien. Elle attend, perce du regard les branches dans la direction du sentier, mais ne voit toujours rien. Soudain elle pousse un cri. Une sombre silhouette lui barre le chemin. Avec sa cape, son bâton de berger et son grand chien Abel ferait presque peur. On dirait une divinité inquiétante cherchant une proie dans le brouillard.

– Tu viens voir ton père ?

– Oui.

Il secoue la tête pour marquer sa désapprobation.

– Joseph t'a toujours dit de ne pas entrer dans la carrière, mais tu es aussi têtue que lui… Ce n'est pas bon signe.

Abel vit seul dans un refuge de pierre sur les hautes estives. Au village personne ne connaît son âge et personne ne sait trop comment il se débrouille. Il lui fait un peu peur, aussi quand il agite son bâton de berger en lui ordonnant de déguerpir, elle file aussitôt sans demander son reste.

10

À Bagnères et dans tout le pays, une nouvelle fait l'effet d'une bombe. Avec la guerre, il faut fabriquer des milliers d'obus jour et nuit sans s'arrêter. Dans l'urgence il faut trouver des bras, des Espagnols passent la frontière, mais ça ne suffit pas. Alors on convoque les femmes. Louise vient d'apprendre qu'elle doit quitter son travail à la filature de laine à Bagnères pour l'arsenal de Tarbes, haut lieu de la production militaire. On ne lui a pas demandé son avis. De Bagnères à Tarbes, il y a une quinzaine de kilomètres qu'elle devra prendre sur son temps déjà bien rempli.

Angèle blêmit. Sa maman va partir à la nuit et rentrer à la nuit, elles ne se verront plus.

– Ne t'inquiète pas, dit Louise, je préparerai la soupe à l'avance, tu auras ce qu'il faut. On va s'organiser.

Dans cette terre de paysans, d'artisans, de carrières, d'ardoisières et de filatures, l'installation en 1870 de l'arsenal de Tarbes a métamorphosé la ville. Après la capitulation de Sedan et la chute de l'empire face à l'armée prussienne, le ministère de la Guerre a choisi d'établir la production militaire le plus loin possible des Allemands, au pied des Pyrénées. Dans une caserne sont regroupés les escadrons de cavalerie et du 10e hussards, ainsi que les régiments d'infanterie. Tarbes s'est mise à grouiller de militaires et d'ouvriers. Une grande industrie qui a influencé le quotidien des Tarbais, mais c'est avec la Première Guerre mondiale que l'arsenal a recruté à tour de bras. Dès 1915, pas moins de dix mille embauches ont été signées ! Affectés spéciaux, réformés, Espagnols, Annamites, et même Alsaciens et Lorrains, les prisonniers des provinces perdues, tous ont été embauchés. Surtout les femmes. Peu formées, elles apprennent sur le tas en imitant leurs voisines. Elles transportent et nettoient du matériel, actionnent les machines, manient les outils. Les conditions de travail sont particulièrement difficiles, mais aucune d'entre elles ne se plaint. Chacune pense aux hommes sur le front. Pourtant elles sont exténuées et les conditions d'hygiène sont rudimentaires. Beaucoup sont victimes d'accident de travail.

Dans le train qui relie Bagnères à Tarbes, les wagons sont remplis de toutes ces femmes, réquisitionnées pour l'effort de guerre. « Il nous faut des mitrailleuses, des obus et des batteries de canons ! Vite ! » C'est ce qu'on leur répète toute la journée. Louise et Catherine n'y échappent pas. Comme toutes les autres villageoises, elles se lèvent aux aurores pour rejoindre la ville de Tarbes. Alors quand Catherine lit dans *Le Républicain* qu'elles « compromettent la dignité des ouvriers », elle explose de rage.

– Pour qui il se prend, ce journaliste ! Les ouvriers seraient plus dignes que nous ? Et puis quoi encore ! s'écrie-t-elle. Et nous, rien qu'une bande de mégères ? Et en plus, il écrit qu'on prend le travail des hommes ! Comme si on avait eu le choix !

Louise est blême. Fière, elle ne supporte pas d'être insultée ainsi. Dans le journal en plus ! Elle refuse d'être la risée du pays. Et tout ça pour ces fichues armes meurtrières !

– Ce journaliste, il ferait mieux de s'intéresser à notre paye, tiens ! s'énerve-t-elle. On gagne moitié moins que les hommes !

– Sans parler du comportement de certains contremaîtres..., renchérit son amie. Question indignité, ils se posent là ! Il pourrait parler de ça plutôt, ce fichu journaliste.

– Tu plaisantes, il perdrait aussitôt son poste ! Avec nous, il ne risque rien, tu comprends.

– Quel salaud ! s'écrie Catherine. Mais pas question de se laisser faire !

– À quoi tu penses ? lui demande Louise, surprise.

– À parler au syndicat, tiens !

– À Corbin ? Mais le secrétaire général ne s'est jamais intéressé à nous ! Il s'en fiche de nous ! Il n'a tenu aucun compte des horaires qu'on nous impose, du fait qu'on soit obligées de se lever aux aurores... Même le café du matin, il a refusé qu'on le fasse en arrivant, tu le crois ça ? Et tu veux t'adresser à lui ? C'est peine perdue, ma pauvre...

Catherine fait une grimace de dépit. Elle sait que Louise a raison.

– Tu as oublié, continue cette dernière, qu'il n'a pas eu la moindre réaction quand on nous a annoncé que notre salaire allait passer de 160 francs à 110 ? Ne gâche pas ta salive pour rien, il ne bougera pas !

Catherine est ulcérée par la situation et leur impuissance. Elles ont remplacé les hommes au pied levé et sont traitées comme des moins-que-rien. Visage fermé, Louise tourne la tête vers la vitre du wagon. Elle pense à Joseph, qui a déserté la maison. Cela fait des semaines qu'elle ne l'a pas vu. Sait-il au moins qu'elle ne travaille plus à la filature ? A-t-il la moindre idée de ce que son quotidien est devenu ? Elle a une bouffée de colère mêlée de larmes. La guerre a pris ses fils, la carrière, son mari, et maintenant, elle ne voit presque plus Angèle. Tout ça pour fabriquer les mêmes armes que celles qui ont tué ses jumeaux !

Aussi quand le 22 février 1918, vers dix-sept heures, celles qu'on surnomme les « munitionnettes », qui ne supportent plus la guerre et les inégalités criantes, manifestent, Louise les rejoint aussitôt. Toutes quittent l'arsenal en scandant, d'une même voix : « Rendez-nous nos poilus ! Et notre dignité ! On veut l'égalité ! »

Mais dès le lendemain, un détachement de gendarmes à cheval les empêche de prendre leur poste, et la sanction tombe aussi sec : elles sont licenciées. Louise rentre aussitôt cacher sa paie dans une boîte en fer-blanc dissimulée dans l'armoire. Comment va-t-elle faire maintenant ? Elle espère retrouver un poste à la filature, mais si jamais ça n'était pas le cas ? Comment s'en sortira-t-elle ? Et Angèle ? Elle appelle sa fille et lui montre l'argent.

– Tout est là, au cas où.

– Au cas où quoi ?

– Au cas où il m'arriverait quelque chose.

– Mais qu'est-ce qui pourrait t'arriver ?

– Rien, rien…

Elle ne lui dit pas qu'elle a perdu son emploi pour ne pas l'effrayer et retourne dès le lendemain à la filature en espérant être réembauchée. Heureusement, le patron accepte aussitôt. Lui aussi a besoin des ouvrières. Louise respire.

Les jours et les semaines passent. Angèle plonge dans une profonde tristesse. Depuis peu, son père redescend parfois les voir, le dimanche, mais il reste mutique, et Louise semble à peine remarquer sa présence. Angèle ferait n'importe quoi pour retrouver leur vie d'avant. Avant la guerre et la mort de ses frères. Elle pense à Lucien et s'en veut de ne pas l'avoir écouté jusqu'au bout ce jour-là, lui qui avait vécu dans les tranchées. Elle aimerait plus de détails sur ses frères. Mais quand elle a voulu retourner le voir, il était mort. Il avait arraché dans la nuit le tuyau qui l'aidait à respirer et il s'est étouffé. De cauchemars trop affreux, de tristesse infinie, et d'absence d'espoir. Il est mort sans avoir entendu carillonner les cloches qui, ce matin-là, annonçaient la fin du conflit.

11

1920. À peine la guerre terminée, la vie à Bagnères-de-Bigorre a repris son cours avec une intensité inespérée. Carrières, marbreries, filatures de laine, la ville est une ruche qui déborde d'activité. Il y a du travail pour tous, et les patrons sont plus ambitieux et actifs que jamais. Joseph est toujours terré là-haut au fond de sa cabane, et le maire a laissé courir la concession. Personne ne s'est encore présenté pour reprendre la carrière, mais il ne doute pas que cela arrive.

Angèle et Élise ont dix-sept ans, et viennent de se faire embaucher à la filature Comet où travaillent leurs mères. Elles découvrent les machines à tisser, les immenses châssis et les rangées de broches qu'il faut faire tourner dans un sens puis dans l'autre pour que le fil s'enroule sur la cannette. Peu à peu, leurs mains se font plus habiles, et elles finissent par maîtriser l'opération aussi bien que leurs aînées.

En fin de journée, elles rejoignent une foule avide de joie de vivre qui se croise au cœur de la ville sur l'allée des Coustous. Ouvriers des marbreries, ouvrières des filatures, employés, cadres, ingénieurs et patrons, au sortir des usines chacun a son café de prédilection selon sa catégorie sociale, mais tous et toutes vont et viennent sur cette allée mythique, haut lieu de toutes les rencontres et aventures possibles. Bagnères déborde de vie ; sous les grands tilleuls, la fête explose.

Étourdies par les lumières des cafés et les musiques nouvelles, Angèle et Élise découvrent un monde d'élégance qui leur était totalement inconnu. Mocassins bicolores, feutres et canotiers, chapeaux cloche, escarpins à brides et talons en bobine, les jeunes ouvrières tourbillonnent et n'ont qu'un mot à la bouche : la « mode ». Couturières et tailleurs ouvrent des boutiques et elles courent voir les modèles en vitrine. Prêtes à tout, certaines se mettent à la couture et se passent les adresses des professionnelles qui travaillent en chambre. C'est à celle qui connaît la meilleure, qui n'hésite pas à acheter des journaux pour rester informée de ce qui se fait à Paris.

Mais le soir, quand Angèle et Élise remontent au village, la parenthèse se referme. Plus de réverbères éclairés, plus de musique dans les rues, ni de joie de vivre. Les dernières maisons de la ville une fois dépassées, c'est l'obscurité totale. Un autre monde. Un soir Élise n'en peut plus.

– Je n'ai pas envie de remonter à la maison. C'est triste à crever là-haut. J'en ai assez. Pas toi ?

– Si, mais bon, nos maisons sont au village, dit Angèle en attrapant son sac.

Élise se fige, comme prise par une révélation.

– On pourrait louer une chambre en ville ! lance-t-elle, enthousiaste.

Angèle la regarde, stupéfaite.

– Tu es sérieuse ?
– Oui !
– Mais…
– François en loue bien une avec deux copains !
– Mais c'est un garçon…
Élise poursuit sans prêter attention à cet argument.
– Il mène sa vie comme il l'entend, ne rend de comptes à personne. Et fait ce qu'il veut, quand il le veut.
– Oui, mais…
– *Mais* quoi ? l'interrompt Élise, exaspérée. Tu n'en as pas marre, toi, de ne pas faire ce que tu veux de ton argent ?
– Si, mais…
– Arrête avec tes *mais* ! C'est pas possible d'être aussi sérieuse tout le temps ! Tu ne t'enthousiasmes jamais pour rien, tu ne fais jamais de trucs fous, jamais !
Angèle se retient de rétorquer qu'elle est simplement réaliste, et que les trucs fous, Élise n'en fait pas non plus. Elle rétorque sèchement :
– Mes parents ne seront jamais d'accord, et les tiens encore moins !
– Ce n'est pas juste. On gagne notre argent aussi bien que François et ses amis, et eux en font ce qu'ils veulent. Tu trouves ça normal, toi ?
Angèle se mordille les lèvres. Le chemin jusqu'au village est plongé dans le noir, il est si froid l'hiver… C'est vrai que l'idée est séduisante et Élise est lancée.
– Tu as vu Jeanine depuis qu'elle est en ville. Comme elle s'habille et se coiffe ! Tout le monde lui fait des compliments,

elle est moderne. On doit quitter le village je te dis. J'en ai marre de nos vieilles frusques.

Angèle sourit. Ce qu'elle aime chez Élise, c'est que rien, jamais, ne semble pouvoir entraver ses désirs. En l'écoutant lui vanter leur vie future, Angèle finit par trouver son emballement communicatif. Après tout, son père n'est jamais là et il n'a cessé de faire une différence entre ses frères et elle. Alors maintenant qu'elle est autonome financièrement, elle n'a aucune raison de lui obéir et de se priver. Elle aussi a envie d'une autre vie, de profiter, de s'acheter de nouveaux habits, d'un quotidien plus léger. Mais quitter le village, c'est aussi quitter ses frères. Dans le silence de sa chambre, elle les retrouve tous les soirs. Elle leur parle. Cette présence, c'est son secret. Angèle n'en parle à personne. Même pas à Élise, qui lui attrape les mains et la fait tourner autour d'elle en chantant : « On va vivre en ville ! »

– Alors les filles, on ne dit pas bonjour ?

Un grand sourire aux lèvres et une casquette à carreaux plantée sur la tête, François est accompagné de jeunes carriers qui comme lui arborent des couvre-chefs plus colorés les uns que les autres. Élise lui saute au cou, enthousiaste.

– Waouh, frérot, que tu es beau ! s'extasie-t-elle.

– On est tous beaux ! Pas vrai les copains ?

Ses amis se récrient et s'amusent à faire claquer les bretelles de leurs pantalons en faisant des clins d'œil aux filles qui passent sur l'allée et se retournent en pouffant. Élise couve son frère d'un regard fier. Il est un homme maintenant, il travaille au sciage de la marbrerie Gruet. Il a su prendre le train en marche. Mains dans les poches, il parle avec assurance comme s'il avait toujours vécu dans ce tourbillon de modernité et qu'il en maîtrisait tous les codes.

– Venez, les filles, on vous invite à prendre un verre en terrasse !

Ravie, Angèle suit le mouvement avec l'impression que sa nouvelle vie vient de commencer. Elle n'a jamais mis les pieds dans un café en ville, et trouve l'établissement d'un chic fou. Excitée, elle regarde autour d'elle quand elle croise les regards désapprobateurs que leur lancent les jeunes femmes de la table voisine. Face à ces élégantes, soudain, Angèle a honte. Elle se sent ridicule dans son affreuse jupe en laine épaisse et ses grosses chaussures de marche. Personne à sa table ne semble remarquer leur décalage avec le reste de la clientèle, raffinée et discrète. Quand les garçons se mettent à parler un peu trop fort et à rire, Angèle note le regard courroucé du serveur. Elle voit bien que leur petit groupe n'est pas vraiment le genre du Grand Café. Le serveur ne souhaite pas voir des ouvriers s'immiscer dans sa clientèle habituelle, bourgeoise et éduquée. Chacun chez soi. Angèle aimerait disparaître dans un trou de souris. Humiliée, elle rentre la tête dans les épaules. Soudain, l'un des amis de François s'exclame :

– Regardez, la fille du patron !

Il a parlé si fort que les clients proches se retournent. Pourvu que Sophie Gruet n'ait pas entendu… Angèle l'observe au bras de son mari. La fille du marbrier est toujours aussi belle, remarque-t-elle. Elle ne l'a plus revue depuis des années ; la dernière fois où elle l'a croisée, c'était à l'église, juste après que ses frères ont été portés disparus. Un petit garçon papillonne autour du couple. Dans son costume de style marin, avec son col blanc et ses cheveux longs il ressemble à une fille qu'on aurait déguisée en garçon. Quelle drôle d'idée de lui mettre des vêtements pareils, se dit Angèle. Ça doit être Antoine, ce petit-fils que le père Gruet adule et dont tout le monde dit que ce sera lui l'héritier. Le bruit court que les papiers sont déjà signés chez le notaire.

Des cris aigus interrompent ses pensées. Le petit Antoine trépigne devant le marchand de ballons de couleur attachés à de petites raquettes de bois. Il s'égosille.

– J'en veux un, j'en veux un !

On entend ses cris sur toutes les terrasses et les passants se retournent. Sophie et son mari tentent de le calmer.

– Quel sale gosse, dit François. Vois le bazar qu'il fait. Ce serait le mien je lui mettrais une bonne rouste et il s'en souviendrait.

– On dit que sa mère lui passe tous ses caprices, renchérit Élise. Il paraît que c'est un petit monstre. Une vraie tête à claques.

Les cris ont cessé d'un coup. Sophie a cédé et le couple s'éloigne suivi de l'horrible braillard qui tape frénétiquement la petite raquette sur le ballon.

– Celui-là, dit François, le jour où il sera aux commandes ce sera encore un sale con d'héritier.

À la table voisine un client a entendu. L'homme est jeune, élégant. Il éclate de rire et jette un coup d'œil malicieux vers eux avant de replonger dans la lecture de son journal. François rougit, gêné. Ce client, c'est Mathieu Arras, l'autre héritier de la ville. Le fils de Germain Arras, concurrent marbrier du père de Sophie. Il vient de terminer ses études d'ingénieur. Il est rentré parce que, son frère aîné étant mort à la guerre, son père a reporté tous ses espoirs sur lui. Mais tout le monde sait que Germain n'en avait que pour son aîné et que Mathieu est un pis-aller.

Angèle le regarde, fascinée. Elle se souvient de l'avoir croisé dans son enfance, à la fête des fleurs. Elle avait été choisie avec d'autres fillettes des villages alentour pour jeter des pétales de rose autour du char des fées où trônait la reine. Mathieu, jeune adolescent, sifflait la reine avec sa bande de copains. Il était insolent, sûr de lui, et Angèle avait eu un coup de cœur. Le lendemain, elle l'avait revu à l'église. Le croiser deux jours de suite alors qu'ils ne fréquentaient pas les mêmes lieux était un signe du destin, elle s'en était persuadée. Bouche bée, elle l'avait écouté chanter avec le chœur des hommes et s'était s'enflammée. Les jours suivants elle s'était mise à imaginer ce que devait être sa vie, son quotidien, et elle n'avait jamais été aussi attentive aux récits de son père que lorsqu'il racontait des anecdotes sur les Arras. Comme la fois où Germain s'était plaint des absences répétées de ce cadet toujours en vadrouille, toujours en voyage. Il n'en fallait pas plus pour que Mathieu Arras devienne un véritable objet de fantasme pour Angèle, un être inatteignable. En le revoyant, à nouveau elle a un fort coup au cœur. Il est élégant, léger, plein d'aisance, il la fascine déjà et elle ne pense plus qu'à le revoir le plus souvent possible.

– Tu as raison, lance-t-elle à Élise. Prenons une chambre à Bagnères !

Élise manque en avaler sa boisson de travers, et lui fait

répéter. Angèle éclate de rire devant son air ahuri. Pas question d'avouer qu'elle a dit ça sur un coup de tête, à cause de Mathieu. Et puisque Élise la prend pour une oie blanche, elle va lui prouver de quoi elle est capable. Folle de joie, Élise lui saute au cou.

Le soir même, elle se demande ce qui lui a pris. Cette impulsion est tellement égoïste. Juste parce qu'elle pensait à Mathieu alors que si elle part, sa mère va se retrouver complètement seule. Abandonnée de tous. Pourtant, à peine mise au courant, celle-ci la félicite aussitôt.

– Tu ne m'en veux pas ?

– Mais de quoi veux-tu que je t'en veuille ? de vouloir voler de tes propres ailes, fréquenter la jeunesse ? de faire la fête ? Profite, mon Angèle. Si tu es heureuse, moi aussi je le suis.

En réalité, Louise a eu un choc. Elle ne s'attendait pas à ce que sa fille parte aussi vite. Mais elle est convaincue qu'Angèle doit quitter le village et oublier le plus vite possible les souvenirs qui y sont attachés. L'inquiétude la dévore bien plus qu'il ne le faudrait et dans la maison elle tourne en rond avec le passé. Louise veut que sa fille soit comme celles qu'elle croise en ville, qu'elle voit se transformer, devenir plus libres, plus gaies. Il est temps pour sa petite de vivre sa vie. Angèle lui a donné tellement de bonheur, tellement de joie depuis sa naissance !

– Trouve cette chambre au plus vite, mon Angèle, lui dit-elle émue, ne laisse pas passer ta chance. À la ville, tu as un avenir. Ici, il ne reste que les vieux…

Sa voix s'étrangle, elle n'arrive pas à finir.

– Non, maman, non ! s'écrie Angèle bouleversée. Non, je n'irai pas. Je reste ici, avec toi, chez nous…

Louise se reprend immédiatement.

– Certainement pas ! rétorque-t-elle d'un ton ferme. Élise a eu une excellente idée. Tu es belle, jeune, et libre. Tu as la vie devant toi, profite de ce bonheur, mon Angèle, et surtout retrouve ta joie de vivre.

12

Sa nouvelle vie à Bagnères émerveille Angèle. Ce quotidien qu'elle s'invente auprès d'Élise, cette petite chambre qu'elles partagent, ravies, et qu'elles ont installée de bric et de broc. Ses rêves qu'elle s'autorise désormais à avoir. Elle pense beaucoup à Mathieu. Il ne la remarquera jamais, elle le sait, mais elle ne peut s'empêcher de se bercer de pensées romantiques dans lesquelles il joue le premier rôle. Et pour la première fois, Angèle se regarde vraiment dans la glace. Elle détaille son visage, sa silhouette, son allure. Se demande si elle peut plaire. Élise l'encourage à l'imiter et à jeter ses vieux vêtements pour en acheter de nouveaux. La finesse des tissus la ravit. Elle se sent différente quand elle enfile ses nouvelles robes. Plus légère, plus élégante. Élise insiste pour qu'elles se coupent les cheveux. Une coupe à la garçonne, dit-elle, comme celle de Jeanine. Jeanine, que toutes les filles de l'atelier admirent. La première à avoir osé de nouvelles tenues et à se chausser de fines chaussures à talons. Impressionnées, les autres se sont empressées de l'imiter. Élise a déjà pris rendez-vous chez le coiffeur et s'agace des velléités d'Angèle.

– Décide-toi à la fin ! Moi, j'y vais, j'en ai assez de t'attendre. Ose un peu de temps en temps !

Angèle serre les dents mais la suit. Après tout, ce ne sont que des cheveux, se rassure-t-elle, ils repousseront. Mais quand elle voit dans le miroir ses mèches tomber les unes après les autres, elle a envie de pleurer. Ses frères aimaient ses longues boucles… Elle ravale ses larmes. Elle entend déjà les moqueries d'Élise si elle lui avoue qu'elle regrette, alors elle ferme les yeux en attendant avec inquiétude que la coiffeuse termine. Quand elle les ouvre à nouveau, face au grand miroir du coiffeur, elle découvre son nouveau visage. La douceur de l'enfance qui flottait encore dans les petites mèches qui s'échappaient autour de son visage a disparu. Coupe courte, nette, dans le miroir elle voit une jeune femme de son temps et ne reconnaît pas le reflet qui lui fait face. Délivrée de la masse de sa chevelure, elle découvre une légèreté incroyable, et dans la rue, consciente de cette métamorphose, elle marche d'un pas mal affirmé, comme si elle ne savait pas bien quelle allure convenait à ce qu'elle était devenue. En s'installant pour la première fois à la terrasse du Grand Café avec Élise, comme deux jeunes filles indépendantes, elle a la tête qui tourne. C'est beaucoup de légèreté, beaucoup de liberté d'un coup.

– Vous désirez ?

Plateau dans une main, serviette blanche repliée sur son avant-bras, le serveur vient prendre la commande.

– Euh… Eh bien… On ne sait pas encore…, bafouille Élise.

Galvanisées par leur nouvelle apparence elles se sont

installées là sans réfléchir à la question, juste parce qu'elles y étaient déjà venues avec François. Mais elles n'ont aucune idée de ce qu'elles pourraient prendre.

– Boisson alcoolisée, fruitée ?

– Euh...

– Chaude ? froide ? insiste le serveur.

– Euh, oui, du chaud, c'est ça.

– Café, thé, chocolat ?

On interpelle le serveur à la table voisine.

– Réfléchissez, lance-t-il agacé. Je reviens quand vous serez décidées, mais faites vite. Avec ce soleil il y a du monde et je manque de tables en terrasse.

Angèle réalise qu'elles n'auraient jamais dû revenir ici. S'il peut modifier une coiffure, un coup de ciseaux ne débarrasse personne de ce que l'on porte avec soi depuis l'enfance sans en avoir conscience. Une manière de marcher, de parler, de se tenir. Elle est née dans un petit village de montagne, et ne sait pas comment se comporter dans un établissement pareil. Une nouvelle coiffure n'y change rien, une jolie robe non plus. Encore faut-il savoir la porter, avoir dans ses mouvements la grâce naturelle que demandent sa souplesse et sa légèreté. Sans bien définir les contours de ce manque, Angèle le devine sur Élise comme elle le voit sur Jeanine. Elle-même n'y échappe pas. La jupe de laine rêche, les grosses chaussures et la longue pratique des sentiers de montagne et des chemins de terre ont façonné son pas. Elle marche solidement. Dans ses ravissantes chaussures à brides elle a du mal à trouver l'équilibre et se raidit. Elle n'a ni la grâce ni la délicatesse qui sont si évidentes dans l'allure sophistiquée d'une Sophie

Gruet. Elle ne traîne pas dans son sillage l'odeur délicieuse qui se déplace avec elle, ce léger parfum. Devenir une autre est loin d'être facile.

– Vous avez choisi ?

Plateau dans une main, serviette blanche toujours repliée sur son avant-bras, le serveur revient prendre la commande. Angèle et Élise se regardent, elles n'ont toujours aucune idée de ce qu'elles pourraient prendre.

– Boisson alcoolisée, fruitée ? martèle le serveur

– Deux cafés serrés, lui répond brusquement Angèle du tac au tac.

Il s'éloigne surpris, Élise le regarde un instant avant d'éclater de rire.

– D'où tu connais ça, toi, les cafés serrés ?

Angèle sourit, et lui avoue qu'elle a entendu cette formule à la table voisine lorsqu'elles étaient avec François et ses amis.

– Toi alors ! s'exclame Élise avec fierté.

D'un geste délicat, Angèle porte la tasse à ses lèvres et, copiant les clientes du café, regarde avec une indifférence feinte la foule déambuler. Élise l'imite aussitôt.

L'allée, c'est la gazette des potins. On y apprend tout ce qui se trame dans la ville, affaires sentimentales et professionnelles. On y fait des rencontres aussi. Tandis que les deux jeunes femmes rêvent de celles qu'elles pourraient faire, une voix familière se fait entendre.

Tête haute et rire en écharpe, telle une actrice de cinéma, Jeanine s'avance dans une incroyable robe courte en jersey fluide qui volète à chacun de ses pas. On devine même le début de ses cuisses ! Un ravissant chapeau cloche piqué d'une grosse fleur de couleur parme met en valeur sa coiffure garçonne, et un accroche-cœur se courbe gracieusement sur sa joue. Jeanine ! Angèle et Élise en ont le souffle coupé. Les hommes se retournent sur son passage. Même François ! Qui s'approche d'elle et chuchote à son oreille. Elle éclate de rire, tandis qu'Élise explose de colère.

– Là, c'est trop !

Son frère qui joue au séducteur, elle ne le supporte pas. Assister à ce qui est en train de se nouer entre sa collègue et François l'horripile. Il aurait pu choisir n'importe quelle femme, et il a fallu qu'il jette son dévolu sur Jeanine ! Furieuse, Élise sent le venin de la jalousie se diffuser dans ses veines. Elle se lève brusquement.

– Viens Angèle, on rentre.

– Non ! Attends…

Mathieu Arras vient d'arriver, et Angèle n'a plus aucune envie de partir. Surprise, Élise se rassied et voit, cigarette au bout des doigts, Jeanine s'avancer droit vers lui. Estomaquées par son audace, les deux amies attendent la suite. Apparemment elle lui réclame du feu, parce qu'il sort un briquet de sa poche et l'allume en se penchant vers elle. Élise manque s'en étouffer.

– Tu l'as vue ? Non mais, tu l'as vue ? Quel toupet !

Angèle a vu, et la scène l'a glacée. Non seulement elle a vu Mathieu sourire à Jeanine, mais quand il s'est penché, elle est persuadée d'avoir vu ses lèvres bouger. La connaît-il ? Qu'a-t-il bien pu lui dire ?

– Non mais quel culot elle a ! s'énerve Élise. En plus, elle fume !

Mathieu a remis le briquet dans sa poche et vient s'installer à la terrasse du Grand Café avec un inconnu. Le serveur s'empresse.

– La même chose que d'habitude, monsieur Arras ?

Il acquiesce en souriant. Son aisance, sa manière de marcher, de s'asseoir, tout chez Mathieu semble léger, facile, tout en lui fascine Angèle. Elle sait qu'il a voyagé, étudié. Il appartient à un monde très loin du sien, et auquel elle n'aura jamais accès. La tristesse la gagne.

– Cette Jeanine ! s'énerve Élise. Je suis sûre qu'il lui a donné rendez-vous !

Imaginer un seul instant un homme comme Mathieu Arras donner rendez-vous à Jeanine, Angèle ne comprend pas comment une idée aussi saugrenue peut traverser le cerveau d'Élise. Mais celle-ci s'esclaffe devant tant de naïveté.

– Parce que tu crois qu'un homme comme lui cherche la perle rare ? Il a sûrement toutes celles qu'il veut, mais il ne se fatigue pas à chercher. Son truc à lui c'est le marbre, pas les filles. Il veut du marbre et encore du marbre, plus même qu'en a Gruet.

Personne ici ne connaît Mathieu Arras. On disait qu'il partirait à l'étranger et pour tout voyage, il est rentré à Bagnères et reprend la marbrerie familiale. Avec son visage taillé à la serpe, il ne coche pas les cases ordinaires de la beauté classique, mais il y a en lui quelque chose de plus fort qu'Angèle ne sait pas définir, mais qui l'attire terriblement. Quand il a souri en serrant la main de l'inconnu, elle a vu son visage changer. Ça n'a duré qu'un instant très bref, mais ce sourire était lumineux, magnifique, et en même temps une énigme.

Suspicieuse, Élise observe Angèle se débattre avec ses pensées confuses, avant de s'intéresser à une autre question d'importance : devraient-elles, elles aussi, se mettre à fumer ? Tenir une cigarette entre deux doigts donne une allure folle, non ? Mais elle n'arrive pas à se décider. Et comme Angèle ne répond pas, elle passe à un autre sujet qui lui est cher : les boutiques de Tarbes, bien plus fournies que celles de Bagnères. D'ailleurs, elle voudrait y aller pour acheter du tissu chez Boneu. Une grande maison qui vend des merveilles pour se faire faire une nouvelle robe.

– Tu m'écoutes ?

– Oui, répond Angèle. Mais pour les boutiques ne compte pas sur moi.

Depuis qu'elles ont quitté le village Élise est toujours à vouloir se distinguer, comme le fait si bien Jeanine sur laquelle elle râle en permanence, mais qu'elle copie au moindre changement. Après la robe, il a fallu les chaussures à brides, puis la coiffure. Jusque-là ça convenait à Angèle et à son budget. Mais ensuite Élise a voulu le chapeau, puis la fleur à y accrocher, puis le sac, puis le foulard à nouer autour du cou. Et maintenant la cigarette et les plus belles boutiques de Tarbes. La liste s'allonge interminablement.

– Avec tous les achats que j'ai faits le mois dernier, lui explique-t-elle, je n'ai rien pu mettre de côté…

– Mais ne sois pas stupide ! Les hommes n'en ont rien à fiche de tes trois sous d'économie ! En revanche, tes jambes gainées dans de beaux bas, ça, ça va leur retourner le cerveau. Après, tu en attraperas un et tu en feras ce que tu veux !

Consternée, Angèle lève les yeux au ciel. Elle n'a envie

d'attraper personne, pas plus que de retourner le cerveau de qui que ce soit. Angèle rêve d'un véritable amour, d'une grande passion. Mais encore faudrait-il qu'elle ait un coup de cœur raisonnable. Or son coup de cœur, c'est Mathieu, et malgré ses nouvelles robes et sa coiffure, il ne la voit pas. Face à des filles osées comme Jeanine, elle n'a aucune chance. Elle se sent transparente, ordinaire, et même affreuse.

13

La nouvelle est sur toutes les lèvres, la carrière de marbre Grand Antique d'Aubert vient d'être rachetée par le fils de Germain Arras ! Jusqu'au dernier moment rien n'a filtré, et tous reconnaissent que Mathieu a bien joué son coup. Nombre de propriétaires de marbrerie s'étaient mis sur les rangs, surtout Gruet, le plus gros. Mais le maire a choisi Arras parce qu'il a la certitude que lui exploitera la carrière. Pas comme Gruet, qui les achète uniquement pour éviter la concurrence, bloquer l'offre de marbre la plus étendue, et se contenter ensuite d'importer pour n'avoir plus qu'à transformer.

Dans la grand-salle des établissements Arras, l'atmosphère est électrique. Furieux de s'être fait doubler, le père de Sophie ne s'est pas déplacé, mais il a envoyé ses hommes. Dans son costume de laine fine bien coupé, Mathieu Arras prend la parole. Il n'y a pas dans sa tenue une once de relâchement. Chemise immaculée, nœud de cravate parfait, boutons de manchette, son élégance citadine détonne dans ce monde d'hommes de terrain.

– Messieurs, je suis fier aujourd'hui de vous annoncer que je reprends la concession du Grand Antique d'Aubert. C'est un marbre d'exception, comme le Sarrancolin, le Campan et bien d'autres de chez nous. Comme vous le savez, le marché est en plein essor, et nos petites carrières ne vont bientôt plus pouvoir répondre à une demande qui est en train d'exploser. Certains importent déjà d'Italie, d'Espagne, et même d'Inde…

La salle gronde, tous saisissent l'allusion faite à Gruet.

– Mais pas question pour autant de délaisser nos carrières ou de les fermer ! Pour la rareté de nos marbres, leur qualité inestimable, il y a un marché. Le meilleur, celui du prestige.

Il laisse passer une seconde pour accrocher l'attention de son auditoire, avant de lancer d'un ton légèrement plus bas, comme en confidence :

– Je suis heureux de vous annoncer que j'ai obtenu une grosse commande. Émile Ruhlmann…

Les carriers tendent l'oreille, ce nom ne leur parle pas. Mathieu patiente un instant, avant de poursuivre :

– … est le décorateur en vogue actuellement à Paris. Enthousiasmé par notre marbre, il veut en décorer les appartements luxueux des grands hôtels parisiens. Depuis, un hôtel new-yorkais a passé commande pour sa façade ! Après Versailles et notre capitale, les États-Unis !

Cette fois tout le monde mesure l'enjeu, et les applaudissements éclatent. Galvanisé, Mathieu Arras balaie la salle du regard.

– Le monde change, et nous allons changer avec lui ! En étant plus performants. Prenons exemple sur les Italiens et leur exploitation massive du Carrare. Ils fabriquent du carrelage, des encadrements de fenêtre, des cheminées, ils font même du gravier avec les déchets. Si au temps de Versailles, on utilisait le plus beau, cinq pour cent à peine de la matière première, aujourd'hui, nous devons nous adapter. La demande évolue. Déjà, tout le monde veut au moins une touche de luxe pour sa maison, une plaque de marbre sur sa cheminée, sur le sol de l'entrée. Mais aussi du pavage ou du gravier pour les cours. Finie la boue ! Si nous ne voulons pas que les Italiens et les Portugais raflent les marchés, il faut faire vite. Notre temps est compté.

Mathieu Arras a parlé d'une traite, vite, à son habitude. Il reprend son souffle, attend une fraction de seconde, semble se concentrer, puis relève la tête et se tourne vers Joseph, immobile, à l'écart.

– Pour le Grand Antique, j'ai besoin des meilleurs. Vous connaissez la carrière par cœur, Joseph Arguenos, et vous êtes le meilleur. J'aimerais que vous soyez ma première embauche.

Les carriers n'en reviennent pas ; tous, d'un même mouvement, se tournent vers Joseph. Ici, tout le monde sait qu'il décide lui-même de là où il va. Comme tout le monde sait que toutes les portes lui sont largement ouvertes. Cette carrière, il n'en a pas la propriété, mais d'une certaine manière, elle lui appartient. Le Grand Antique ne serait encore qu'une légende si son arrière-grand-père n'avait pas retrouvé sa trace, oubliée pendant des années. Ce marbre exceptionnel, personne ne le connaît aussi bien que lui. Il a été bercé par son histoire, il a grandi dans son culte.

Né il y a plus de soixante-cinq millions d'années d'un plissement de la zone nord-pyrénéenne à la fin du crétacé, le Grand Antique est spectaculaire. Aucun autre marbre au monde ne présente un contraste de calcaire noir et de calcite blanc aussi puissant que lui. Dès le IIIe siècle les Romains ont multiplié les allers-retours aux Pyrénées dans des conditions de transport dantesques pour en orner leurs riches demeures patriciennes. Après quoi, il s'est mystérieusement perdu. On ne le retrouve que trois siècles plus tard pour le décor du chef-d'œuvre de l'époque byzantine, la basilique Sainte-Sophie. Après quoi, il entre à nouveau dans un long sommeil. Treize siècles interminables durant lesquels plus personne ne savait d'où venait ce marbre « perdu », de quelle carrière ? Jusqu'à ce qu'un roi particulièrement ambitieux et déterminé envoie une armada d'hommes à sa recherche. La chance sourit à l'un d'entre eux. Entrant se reposer dans une petite église du pays d'Aubert dans les Pyrénées, il remarque un autel tout entier taillé dans un pur noir et blanc en larges déchirures. Le Grand Antique ! Il en déduit que pour avoir ce marbre dans cette simple église de village, la veine doit se trouver dans les environs, tout près. Il voit juste. Au bout d'un mois de fouilles, il finit par découvrir la carrière ensevelie sous un entrelacement de ronces, d'arbres et de taillis. Un trésor sort de siècles d'oubli.

– Le Grand Antique ne supportera pas le choc d'une exploitation excessive…

Joseph vient de prendre la parole d'une voix forte.

Ostensiblement, il tourne le dos à Mathieu et s'adresse directement aux carriers.

– Il faut comparer ce qui est comparable. Sur le massif des Apennins, les Italiens peuvent débiter des murs gigantesques et creuser des tunnels de plus de six cents mètres. Ils ont de la matière pour des générations. Nos carrières sont dérisoires à côté de ce géant. Et vous savez tous ici qu'une veine de marbre surexploitée est une veine morte.

Mathieu s'est replacé face à Joseph.

– C'est nous qui allons mourir si on continue avec un pic et une masse comme au temps des Romains, réplique-t-il en haussant le ton. Refuser le progrès, Joseph, c'est ça qui est meurtrier. Je ne comprends pas qu'un homme comme vous n'en soit pas conscient.

Le signal est clair. Mathieu Arras n'a pas l'intention de se laisser intimider. Mais pour Joseph, il a l'assurance déplacée de ces jeunes diplômés qui viennent expliquer aux hommes de terrain comment faire un travail qu'ils n'ont jamais fait.

– De quel progrès parles-tu, Mathieu ? Et pour le profit de qui, quand tout sera terminé, fini ?

Personne ici ne le tutoie, mais Mathieu ne s'en étonne pas. Joseph l'a vu naître, il est l'ami d'enfance de son père.

– De celui qui, dès maintenant, consiste à améliorer les conditions de travail, et donc la vie de toutes les familles de ce pays.

Un silence s'installe. Pesant. La tension entre les deux hommes est palpable.

– Moi, intervient alors un carrier, tout ce que je demande, c'est de pouvoir vivre mieux sans attendre encore, et surtout, de pouvoir envoyer mes enfants aux études. Peu importe les moyens.

Joseph accuse le coup. Les hommes suivront Mathieu parce qu'il leur promet un avenir meilleur. Ici, maintenant, tout de suite.

– Si on utilise des marteaux perforateurs, insiste-t-il en regardant les hommes tour à tour droit dans les yeux, on sortira le bon comme le mauvais. Nos marbres se banaliseront. Plus personne n'en voudra. Le Grand Antique a traversé les siècles, comme le Sarrancolin, le Caunes-Minervois, le Campan et tous les autres. Que le marché s'emballe ou périclite, on doit maintenir leur qualité, les valoriser, prendre le temps de les travailler à l'ancienne. Nos marbres, c'est de l'or ! Nous n'avons pas le droit de les brader, et encore moins de les massacrer !

– Qui parle de massacre ? réplique Mathieu sèchement. Cessons d'avoir peur des machines, dans l'immédiat on a tout intérêt à les utiliser.

Les carriers sont perplexes. Joseph Arguenos est respecté, il a des valeurs, mais depuis le massacre de 14 les valeurs en ont pris un sacré coup, et il parle comme M. le curé en chaire à l'église. Souffrez, ça ira mieux demain. Or ils ont tous souffert, leurs enfants sont partis au combat pleins de vie avec la certitude d'œuvrer pour le bien de leur patrie, et on leur a rendu des cadavres. Quant à la patrie, ils ne sont pas si sûrs que leurs enfants se soient battus pour elle. Ils sont même certains du contraire. Leurs fils sont morts pour rien. Alors plus question de se faire avoir avec de bons sentiments. L'économie est en plein essor, ils veulent en profiter tout de suite et aller de l'avant. Mathieu Arras a gagné. Dans le brouhaha qui suit, Joseph se dirige vers Germain Arras. Il tente de lui faire entendre raison.

– Germain, ne laisse pas ton fils faire n'importe quoi. L'ingénieur le plus qualifié peut étudier tout ce qu'il veut sur le papier, avec le Grand Antique, c'est le hasard qui fait la donne. Sur de gigantesques carrières même s'il y a de l'imprévu, il y a une telle quantité de marbre que ça passe. Mais ici, tout se joue à pile ou face, et ce n'est pas l'ingénieur qui décide. C'est la carrière.

Germain Arras sait que d'une certaine manière son ami dit vrai, mais il a une entreprise à faire tourner et des hommes à payer. Il ne peut pas se contenter du hasard. La commande est là, il faut l'honorer.

– Mathieu va vite, c'est vrai, mais son énergie on en a tous besoin. Réveille-toi, Joseph. Regarde le monde, il est en train de changer. Sors de ta fichue cabane, adapte-toi !

– Laisse ma cabane où elle est, et réfléchis ! Pour la façade d'un hôtel, tu imagines les quantités qu'il va falloir extraire ? Ce sera irréversible.

– Mathieu a étudié la question, il a tout prévu en hommes, en matériel, et en temps.

Joseph n'insiste pas, il est seul. La vitesse où va le nouveau monde le prend par surprise. Mais au dernier moment, il a un sursaut et se retourne vers Germain.

– Et le terrain, il l'a vu ? Il y a été ? Demande-lui, tu ne connais pas ton fils, Germain.

Germain fronce les sourcils, inquiet. Mais Joseph est déjà parti.

14

Dans le bureau, à la marbrerie, Germain fait venir Mathieu.

– Tu as bien parlé, lui dit-il.

– Ah bon, tu trouves ? Tu es sûr ? répond Mathieu surpris.

Son père ne l'ayant jamais félicité pour quoi que ce soit, il a de quoi s'étonner. Germain a toujours préféré son fils aîné. Et pourtant, sans se l'avouer, Mathieu n'a cessé d'espérer trouver un jour lui aussi une place auprès de lui. Il l'observe, il vient de le complimenter mais, déjà, son front se plisse. Mathieu attend la suite.

– Oui, tu as bien parlé mais les hommes du trou n'étaient pas là. Pour eux tout ça c'est de la parlote, et dans certaines carrières, ils sont les seuls à pouvoir intervenir. L'électricité n'arrive pas partout, tu ne les connais pas comme moi et…

– On a réussi, c'est tout ce qui compte, non ! l'interrompt brutalement Mathieu, blessé.

– Tu es monté à la carrière, voir son état ?

– Pas encore. J'y vais demain, tu veux y venir ?

Germain n'y croit pas.

– Tu ne l'as pas encore fait ? Mais tu m'as dit que tout était parfait. Qu'il y aurait un peu de nettoyage, c'est tout…

– Je n'ai pas eu le temps, se braque Mathieu qui sent venir le conflit. Quelle importance ! Le maire m'a confirmé qu'il n'y avait aucun problème, une simple mise en route.

– Robert n'y connaît rien ! hurle Germain, furieux. Il sait à peine où elle est ! S'il l'a vue trois fois dans sa vie, c'est le bout du monde ! Comment as-tu pu signer sans y aller ? Comment as-tu pu faire ça ?

Mathieu se retient de hurler à son tour. Le compliment, c'était trop beau. Il aurait dû se douter que son père trouverait vite de quoi minimiser sa réussite. Mais il se retient. La marbrerie est encore à son père et maintenant qu'il s'est engagé il ne veut pas faire marche arrière.

– Si Arguenos a réussi à exploiter la carrière juste avec ses fils et Marcel, dit-il, avec mes hommes je vais y arriver sans problème ! Le Grand Antique y est en quantité bien plus importante que Joseph le prétend, seulement il veut en faire un sanctuaire. Celui de ses jumeaux qu'il adorait !

Germain est estomaqué par la désinvolture de son fils. Mais Mathieu n'a pas terminé.

– Toi aussi tu aurais pu pleurer mon frère indéfiniment, mais tu t'es adapté. Tu fais avec moi. Dans la vie, ce qu'on prévoit est remis en cause tous les jours. Il vaut mieux ne pas se faire d'illusions, rien n'est définitif !

Germain entend le reproche à peine voilé. Mais pas question d'aller sur le terrain sensible de leurs relations.

– Les hommes du trou n'ont pas ta facilité pour dire les

choses, reprend-il d'une voix posée. Mais ils sont plus solidaires qu'aucun corps de métier ne le sera jamais. Et Joseph est un des leurs.

– Ce sont des hommes d'avant, s'exaspère Mathieu. Je les respecte et je respecte Arguenos, mais demain, je le mets au pied du mur. Soit il accepte mon offre, soit il quitte la carrière. J'ai signé.

Germain est consterné. Son fils n'a rien compris, il court à la catastrophe. L'insoumission des hommes du trou est aussi légendaire que leur vaillance. Aucun d'entre eux ne s'aplatira devant un jeune comme lui venu leur expliquer le métier et aucun ne trahira Joseph. La seule chose qu'il reste à espérer, c'est que son ami ne bloque rien.

– Je n'ai pas de temps à perdre, poursuit Mathieu. Dès qu'on aura honoré le contrat des Américains, on fera comme Gruet, on importera des plaques. Ce sera plus rentable.

– Pourquoi avoir pris la carrière et accepté cette commande, alors ? demande Germain sidéré.

– Pour le prestige. Le Grand Antique sera notre publicité, notre étendard. Comme le Statuario de Michel-Ange l'est pour Carrare !

– Rien que ça, marmonne Germain. Ton frère, lui, il n'aurait pas été chercher si loin. Il aurait…

– Mon frère est mort ! hurle Mathieu exaspéré. Tu m'as laissé la signature et c'est moi aujourd'hui qui décide de ce qui est bon ou mauvais pour cette carrière !

Accablé, Germain se tait. S'il a toujours éloigné Mathieu de la marbrerie sous un prétexte ou un autre, c'est parce qu'il ne le « sentait pas ». Intelligent mais indiscipliné, trop fougueux. Conquérant et sûrement capable d'emmener l'entreprise très loin. Ou de la faire couler. Qui est-il, que veut-il ? Malgré ses affirmations et son air de savoir où il va, il est capable de négligences invraisemblables. Joseph a dit vrai, Germain doute. Il ne connaît pas son cadet et pense avec émotion à son aîné qui aurait mené l'entreprise en bon père de famille.

15

– Alors, c'est vrai ? Vous partez à Bagnères ?

Louise est sous le choc. Dans sa tête monte comme un vertige. Catherine quitte le village. Elle est son amie, sa confidente. Elles ont toujours tout partagé, les joies comme les peines. Si elle part, que lui reste-t-il ? Son monde est en train de s'écrouler. Tous partent les uns après les autres. Les jumeaux, puis Joseph, Angèle, et maintenant ses premiers voisins, Marcel et Catherine… Elle écoute à peine la description idyllique que lui fait son amie de leur futur appartement, de tout ce confort qu'elle lui vante.

– Il y a un poêle si puissant, poursuit Catherine, qu'il chauffe toutes les pièces. On a même un coin toilette ! Tu n'en rêves pas, toi, d'un coin toilette à la place de la bassine ?

Louise reste muette. Elle pense aux trajets qu'elle devra désormais faire seule, matin et soir. À la solitude dans laquelle elle va se retrouver dans cette maison vide. Catherine l'observe.

– Fais comme moi, murmure-t-elle en posant une main sur son bras. Parle à Joseph, venez vivre en ville, comme nous…

Devant le visage fermé de Louise, Catherine sait ce dont elle se doutait déjà. C'est Joseph qu'il faut convaincre. Et une seule personne peut y parvenir : Angèle. Elle va aller lui parler.

16

Depuis que Catherine lui a expliqué la situation, Angèle ne pense qu'à sa mère. Obnubilée par sa nouvelle vie, elle l'a oubliée. Elle s'en veut terriblement et est prête à tout pour la convaincre de suivre Catherine. Y compris affronter la colère de son père pour qu'il redescende. Depuis quand le chagrin justifie-t-il que l'on parte sur un coup de tête sans se soucier du sort de ceux que l'on aime ? Son abandon a été d'une grande violence, et Angèle en a encore les larmes aux yeux en y pensant. Mais elle sait aussi que son père n'est pas un mauvais père, et qu'il est un homme bon. Et si elle appréhende énormément sa réaction quand il va la voir arriver, elle se persuade de pouvoir le convaincre. Décidée, elle gravit les derniers mètres qui mènent à la carrière.

Des voix l'arrêtent net. Trois hommes fouillent les bosquets. Elle se fige. Que cherchent-ils ? Intriguée, elle se rapproche doucement. De loin, elle reconnaît Robert. Que fait le maire du village près de la carrière ? Lui, dès qu'il l'aperçoit, lève les bras au ciel avec un soupir de soulagement.

– Ah, tu tombes bien ! Ça fait des heures qu'on cherche l'entrée…

– L'entrée de quoi ?

– De la carrière, bon sang ! Heureusement que tu es là, tu vas pouvoir nous aider. Je sais qu'elle est dans le coin, mais on tourne en rond !

Elle le regarde, surprise. Se moque-t-il ? L'entrée est juste derrière lui !

– Il suffit d'arracher les r…

Elle est interrompue brusquement. Mathieu Arras émerge des buissons, hirsute, en râlant contre cet « abruti d'Arguenos » qui s'est évanoui dans la nature avec « sa foutue carrière ». Le maire s'empresse de lui désigner Angèle pour le faire taire.

– C'est la fille de Joseph, Mathieu. Elle connaît l'entrée de la carrière, elle va nous aider.

Déstabilisée par cette apparition imprévue de Mathieu et bien que blessée par la manière dont il vient de parler de son père, Angèle s'apprête à le saluer et tend sa main. Mais il coupe court, et va droit au but.

– Vous attendez quoi alors ! Allons-y !

Angèle se fige. Jamais elle n'aurait imaginé qu'il puisse faire preuve de tant d'impolitesse et d'arrogance. C'est une douche glacée. Elle s'apprêtait à lui montrer le passage, et à désigner la carrière derrière eux, mais elle ravale ses mots juste à temps. Voyant son visage se fermer, Mathieu comprend son erreur. Il s'excuse d'avoir été aussi direct, explique qu'il est tendu, que l'exploitation de cette carrière est un enjeu important.

– Chaque jour qui passe est un jour de travail perdu pour mes hommes. Je les ai débauchés, ils m'ont fait confiance, et j'ai fait l'erreur de ne pas avoir vérifié l'état des lieux. Je ne m'attendais pas à une végétation aussi fournie…

Il sourit, les traits de son visage s'adoucissent.

– Mon père dirait que j'ai mis la charrue avant les bœufs, comme quand j'étais gamin.

Son regard est rieur, malicieux. Déstabilisée, ne sachant plus comment se comporter, Angèle tourne les talons sans répondre, sans même s'excuser ni saluer le maire.

– Angèle ! Qu'est-ce qui te prend, reviens ! lui crie ce dernier.

Elle l'entend, mais ne se retourne pas. Mathieu la regarde s'éloigner et explose intérieurement contre cette fille stupide et ce maire qui lui a dit n'importe quoi.

– Ça ne peut tout de même pas être sorcier pour vous de trouver la carrière ! Ça ne disparaît pas comme ça, nom d'un chien ! Et ce foutu Arguenos qui se cache…

Il fulmine. Il aurait mieux fait de ne jamais revenir, d'écouter ses professeurs, et de se faire embaucher par une grosse entreprise du Nord. Il aurait plus d'argent et nettement moins de soucis ! Tout à coup, une idée interrompt ses ruminations. Si Angèle est venue jusqu'ici, ce n'est pas pour rien… Pour quelle autre raison serait-elle montée là-haut si ce n'est pour voir son père ? Aucune ! Et si son père est dans le coin, la carrière est tout près. Elle va revenir.

– On redescend, les gars, lance-t-il au maire et à son équipe. Demain, on y verra plus clair.

17

Angèle a dévalé le sentier en toute hâte, des idées tourbillonnantes plein la tête. Comment a-t-elle osé fuir comme une voleuse sans même saluer personne ? Elle ne sait plus où elle en est. Et le maire, que va-t-il penser d'elle ? Et... Mathieu ? Il doit la prendre pour une de ces idiotes qui n'ont rien dans le crâne et s'effarouchent d'un rien. Ce qu'elle ressent est pire que de la honte, c'est une humiliation. Elle aperçoit de loin sa maison et court s'y réfugier.

À peine la porte ouverte, elle est saisie par ce qu'elle découvre. Sa mère est prostrée sur une chaise, le regard vide. Un souffle de misère et de tristesse s'est abattu sur les lieux.

– Maman...

Elle s'approche doucement. Sa mère ne répond pas.

– Maman, c'est moi.

Elle lui caresse le bras, mais Louise ne réagit pas. Son regard est vide.

Angèle décide de remettre de la vie au plus vite. Elle fait un feu dans la cheminée, allume la cuisinière, va chercher trois légumes au jardin et fait bouillir de l'eau. Louise semble alors sortir de sa léthargie, mais à aucun moment elle ne donne l'impression de réaliser l'état d'abattement dans lequel elle se trouvait. Pas plus que celui du désordre d'une cuisine qu'elle entretient habituellement avec un soin maniaque. Le balai n'a pas été passé, la vaisselle traîne dans l'évier, le torchon sale est sur la table.

Angèle n'a jamais été aussi inquiète de sa vie. Catherine a raison, sa mère va très mal. Il faut l'aider de toute urgence.

La nuit est tombée mais la montagne ne lui fait pas peur. Au contraire, elle s'y sent en sécurité. D'un pas ferme elle avance sur le sentier. Bouleversée, elle a laissé sa mère endormie et remonte chercher son père. Lui seul peut la sortir de là.

Elle a emporté le bâton des jumeaux resté sous l'escalier. Il l'aide à se frayer un passage entre les ronces et l'entrelacs des taillis. Mais elle a un mauvais pressentiment, personne n'est passé par là depuis un bon moment. Le lierre et le lichen ont poussé et retombent telles de longues lianes sur le front de carrière. Le silence règne. Angèle court à la cabane et ressort, son père n'y est pas. Elle l'appelle, regarde de tous côtés, fouille la nuit, aucune réponse. Son cœur se serre. Où peut-il être ?

Sans qu'elle s'en aperçoive une ombre la suit. Mathieu pressentait qu'elle allait revenir, il l'a attendue. Il est à quelques pas du trou de la carrière que l'eau de pluie a rempli à ras bord. À la surface flottent des lentilles d'eau d'une intense couleur verte. Sur le front de taille, à peine voilées par les poussières déposées par les vents et le lichen, on devine les majestueuses déchirures noires et blanches du marbre mythique. Des nuages passent, créant sur les hautes parois des ombres mouvantes, décor spectaculaire que la lune éclaire comme une scène de théâtre. Aucun bruit. La carrière se repose. Une infinie douceur règne en ce lieu minéral. Pour la première fois de sa vie Mathieu découvre la légendaire carrière du marbre perdu. Le Grand Antique !

Il reste immobile, saisi par la force du lieu abandonné sous le ciel. Tournoyant contre les nuages un rapace descend en cercles concentriques, plonge dans le miroir de marbre et s'en arrache aussitôt, redéployant ses ailes dans une gerbe d'eau pour se perdre ensuite là-haut, dans l'immensité. Puis le silence retombe. Mathieu ne bouge pas. Devant cet incroyable décor, dans cet apaisement minéral où la nature a repris toute sa place, il se prend à penser qu'ici, loin des hommes, règne un souffle divin. Une paix l'envahit. Angèle ne s'est pas aperçue de sa présence. Il voudrait se montrer, mais quelque chose le retient. Une étrange pudeur. Elle est si menue, dérisoire, dans cette masse de pierre. Elle a l'air si fragile, si vulnérable qu'il a l'impression qu'un souffle pourrait la briser. La délicatesse de ses mouvements lui rappelle une jeune femme qu'il avait surprise un soir, derrière la marbrerie familiale. Il n'était alors qu'un enfant et avait ressenti le même émoi, le même trouble devant tant de fragilité. De l'inconnue, il n'avait vu qu'un corsage blanc, et un fin bracelet d'or autour de son poignet. Un jeune homme avait rompu le charme en sortant de l'ombre. En apercevant l'enfant, il avait posé un doigt sur sa bouche. C'était un des jumeaux. Mathieu avait compris et n'avait jamais rien dit à personne, mais il se souvient encore de l'étrange profondeur de son regard, la même que celle qu'il a vue tout à l'heure dans les yeux d'Angèle. Il aimerait s'approcher d'elle, lui parler, dissiper le malentendu. Il hésite encore, puis s'efface discrètement.

Sur le sentier, les cailloux roulent sous ses pas. La lune pose sur la montagne, les herbes, les rochers, les arbres ; une lumière bleue qui brouille le réel. Mathieu n'est plus tout à fait lui-même. Remontent les émotions oubliées de son enfance quand il se faufilait dans l'atelier de son père où les marbres le fascinaient. Leurs couleurs intenses et les formes étranges qui s'y dessinaient l'entraînaient au-delà de lui-même. Dans les lointaines et opulentes forêts d'Amazonie avec le vert de Campan, dans les soirées mondaines de l'Opéra de Paris avec le sublime Sarrancolin de la vallée d'Aure, d'une parfaite élégance et d'une rare beauté. Toujours il découvrait des mystères.

Il pouvait y passer des heures. Et s'il a fait des études, ce n'est pas comme le croit son père pour s'éloigner du pays des marbres, mais pour les comprendre. Comment se forment-ils, d'où viennent-ils ? Par quelle fabuleuse alchimie mélangent-ils une palette inouïe de teintes comme le ferait un peintre avec ses huiles de couleur ? Dans le silence de la nuit, il se surprend à murmurer des vers :

« Je cherchais dans les airs les causes du tonnerre :
J'aurais voulu percer le centre de la terre,
Voir sous la main du temps les marbres s'y former… »

Le militaire du XVIIIe siècle qui les avait écrits, Jean-François de Saint-Lambert, s'était lui aussi interrogé devant ce mystère géologique. Quel étrange phénomène que la mémoire ! Mathieu saisit soudain toute la portée de ce qu'il a appris. Tout lui revient de ses années d'études. Descartes, qui avait établi l'existence d'un feu central, Nicolas Sténon, qui avait inscrit les bases de la géologie moderne, Buffon et ses découvertes sur la cristallisation et autres phénomènes de minéralisation, Buch[1] et sa théorie du métamorphisme. Ses connaissances prennent sens, là, sur un chemin escarpé de montagne. Les roches entrent en fusion, se compriment, s'enfoncent dans la croûte terrestre, se soulèvent brutalement, surgissent, s'étirent et se rompent en emprisonnant à jamais tout ce qui tombe entre leurs plis. Vestiges organiques, argile, calcaire, oxyde métallique, les pluies antédiluviennes et des millions d'années de fournaise font le reste. Alors seulement le marbre se forme, et les couleurs apparaissent. Mathieu n'en ignore aucune des étapes, mais en ces lieux, sous le ciel et dans la nuit, il en découvre l'enchantement mystérieux auquel les théories scientifiques studieusement apprises à son école d'ingénieurs l'ont préparé.

Un bruit furtif. Il lève la tête, écoute. Sans doute quelque animal, ou autre chose… Quand ils sont là-haut, les carriers éprouvent-ils comme lui en cet instant le sentiment d'être tout proches de puissances apaisantes et invisibles ?

---

1. Leopold von Buch (1774-1853) est un géologue allemand, le fondateur de la géologie moderne.

18

– Papa et maman vont divorcer, c'est sûr !

Élise est dans tous ses états. De quoi parle-t-elle ? Angèle n'y croit pas. Ce sont les gens de la ville qui divorcent, pas ceux des villages.

– Je te dis que si ! insiste son amie, bouleversée. Ils ne cessent de se disputer à cause de ce Mathieu de malheur !

Angèle se fige.

– Mathieu Arras ? Mais pourquoi ? Qu'est-ce qu'il a fait ?

– Il a des difficultés imprévues et a besoin d'un homme qui connaisse la carrière. Du coup, il réclame la présence de papa. Un choc pour maman. Tu imagines ? Plus de déménagement ! Elle est furieuse, et a prévenu papa qu'elle ne changerait aucun de ses plans !

– Elle s'installera en ville sans lui ?

– Oui. Le premier mois a été payé, et elle ne veut pas perdre l'argent. Elle a dit que papa n'avait qu'à refuser l'offre et se faire embaucher ailleurs. Mais elle dit qu'en réalité, il est ravi de quitter la marbrerie en ville, il ne s'y habitue pas. Trop bruyante avec les crissements constants des lames de sciage, sans compter la surveillance des chefs.

Angèle tombe des nues.

– Mais comment il a fait ?

– Comment il a fait quoi ?

– Pour trouver la carrière ?

– Je te parle de mon père et toi tu parles de Mathieu Arras ? Je n'en sais rien, moi, comment il a fait. En tous cas il n'a pas perdu de temps, la preuve. Il y a passé la journée avec mon père à établir des plans. Maman ne décolère pas et je la connais, elle ne cédera jamais. Que vont-ils devenir ? Tu crois qu'ils vont vivre chacun de leur côté ?

– Je n'en sais rien, murmure Angèle.

– Je hais la carrière, reprend Élise. Depuis qu'on est petits, François et moi, on n'entend parler que d'elle. « Je pars à la carrière », « C'est bon pour la carrière », « Il faut nettoyer la carrière ». La carrière, encore la carrière, toujours la carrière ! Mon père n'a que ce mot à la bouche, il s'est soucié d'elle bien plus que de nous ! Maman, elle, ne nous a jamais bassinés avec la filature !

Angèle pourrait formuler les mêmes reproches, comme tous les enfants de carrier. Mais elle comprend son père et cet attachement qu'il a transmis à ses frères. Dans leurs nids d'aigle inaccessibles, le soir, épuisés, les hommes se prennent à rêver devant de tels murs de pierre, de silence et de ciel. Le monde réel s'efface et sans même qu'ils s'en rendent compte, ils n'en font plus partie. Quand ils descendent en ville vêtus de chemises et pantalons de toile épaisse recouverts d'une fine poussière, ils ne s'attardent pas. On dirait qu'ils sortent directement de la roche, qu'elle les a fabriqués.

19

Cela fait des jours que Mathieu reste enfermé dans son bureau. Il a beau examiner la situation sous tous les angles, le problème reste inextricable. Il ne s'attendait pas à de tels coûts. Tirer des lignes pour amener l'électricité jusqu'à la carrière, les conditions d'extraction, l'évacuation des blocs, le transport, tout est beaucoup plus cher que prévu. Pour que l'exploitation soit rentable, il prévoyait de sortir des blocs d'au moins trente tonnes, mais c'est impossible. Un fichu pont de pierre qui date de l'époque romaine et qu'il faut traverser ne supportera jamais un tel poids. Mathieu ne le savait pas.

– Quelle tuile ! grommelle-t-il.

– Ton père a raison, gronde Josette. Tu aurais dû aller voir au lieu de faire ça de loin, sur le papier. Et si tu en bâtissais un autre ?

Il tourne la tête vers la secrétaire de son père.

– Cela prendrait des mois, or les Américains n'attendront pas. Ils se tourneront vers un autre fournisseur.

– J'ai entendu dire que Gruet a obtenu un emprunt de 300 000 francs pour acheter du matériel, réplique Josette.

– Oui, je sais ! s'emporte Mathieu. Il fait installer vingt châssis et quatre cents lames de coupe qui fonctionnent jour et nuit, des crics et des portiques pour déplacer les blocs vers les chars de transport. C'est un investissement colossal. Mais le vrai problème, c'est ses rachats de carrières.

Rester maître de la matière première est devenu essentiel, la lutte pour obtenir les concessions des marbres de couleur est plus féroce que jamais. Pour fournir ses châssis de sciage, Gruet a fait une razzia. Dix-sept concessions achetées ! De vingt-sept variétés différentes. Il bloque la matière, personne ne peut le concurrencer. Et depuis la fin de la guerre, les professionnels du Nord sont aussi sur les rangs.

– Dervillé ! Celui-là, c'est un homme d'affaires redoutable. Je viens d'apprendre qu'il a signé la concession du Sarrancolin. Le Sarrancolin, le faste de Versailles ! Ce marbre sublime de chez nous n'aurait jamais dû se retrouver entre les mains d'un gars du Nord !

– Heureusement, tu as signé celle du Grand Antique, le félicite Josette. Tu vas trouver une solution pour le pont.

Il lui sourit. Josette l'encourage toujours. Elle le prenait sur ses genoux quand il était enfant et que son père ne s'occupait que de Michel. À la mort de leur mère, elle n'a cessé de le protéger des colères de Germain. De le soutenir dans ses projets, de le pousser à voir du pays, à voyager. Elle est ce qu'il a de plus proche, telle une mère.

– De toute manière, râle-t-il, le marbre, c'est l'inconnu. On peut faire toutes les études qu'on veut, l'imprévu est à nos portes. On peut travailler des jours entiers, des mois, et ne sortir que des tronçons de roches malmenées par des racines d'arbres qui ont crevassé la veine. Sur la roche où l'herbe est lisse on a des chances. Quant à savoir si à l'intérieur des blocs, on va trouver de belles couleurs et une pierre sans crevasses, c'est impossible avant le sciage. Les déchets sont énormes. Le marbre parfait est plus rare qu'un diamant pur. C'est un métier de saltimbanque, Josette, un métier d'aventurier. Un coup de poker à chaque fois.

Josette sait tout ça depuis longtemps, on dirait que lui le découvre. Elle le regarde, tout à la fois soucieuse et émue. Visiblement, il est terriblement inquiet. Le fils du magnat Rockefeller profite de son séjour en France pour visiter Versailles, et les commanditaires du Grand Antique qui sont ses amis l'accompagnent et en profitent pour venir voir la carrière. S'ils annulent la commande à cause du délai, l'exploitation devient impossible.

20

Divorcer ? Le mot résonne dans la cuisine. Louise, sidérée, écoute Catherine lui annoncer la nouvelle.

– Il sait bien que je n'irai jamais jusque-là, enchaîne celle-ci, effrayée d'avoir prononcé le mot. Je vais être obligée d'annuler la location de l'appartement, et ça me rend folle ! Mais tu peux me croire, jamais je n'oublierai ce que Marcel vient de me faire !

Catherine se tasse sur la chaise de la cuisine. Dans les petits villages de montagne, les femmes voient le monde évoluer à leur porte, mais n'en profitent pas. Levées les premières et couchées les dernières, les paysannes servent leur mari et leurs enfants, mangent debout pour aller plus vite, et partent aux champs avant de rentrer le soir, épuisées, pour à nouveau reprendre le travail de la maison, cuisiner la soupe, servir, desservir, et enfin, aller dormir. Louise et Catherine connaissent les règles de ce monde très ancien. En épousant un carrier et en partant travailler à la filature, elles ont cru échapper à cet écrasant destin. Mais dans le monde de la pierre, elles ont découvert quelque chose de plus terrible encore, la peur. L'accident, la mort qui rôde nuit et jour. Pas une semaine sans drame. Toutes vivent avec une terreur au creux du ventre qui ne les quitte jamais. Travailler dans une marbrerie, en ville, c'est quitter la peur. En voyant céder Catherine, Louise a un sursaut. Elle se souvient qu'on lui avait proposé le poste de responsable des stocks à la filature. Elle se réjouissait déjà du contact avec les fournisseurs, de négocier en direct avec eux, elle se faisait une joie de choisir la qualité des fils, les couleurs. Mais quand elle l'avait annoncé à Joseph, il avait refusé aussi sec. Soi-disant qu'elle avait suffisamment à faire à la maison et à la filature sans aller prendre des responsabilités en plus. Elle avait tout tenté pour le convaincre, mais il avait coupé court. Et elle avait cédé.

– Ça suffit ! explose-t-elle. On cède toujours, il faut que ça s'arrête !

– Et que veux-tu faire ? demande Catherine, sidérée de la voir dans cet état inhabituel de colère.

– Déménager. Je vais t'aider.

– Qu'est-ce que tu dis ?

Catherine est stupéfaite.

– Quand Joseph était là, explique Louise, il ne cessait de me répéter que j'étais aussi forte que ses rochers parce que ça l'arrangeait de le croire. Mais je ne suis pas si forte, et si Angèle n'était pas passée l'autre soir, je ne serais peut-être plus là… Joseph nous aime de loin. Toi, si tu vas à Bagnères, Marcel finira par t'y rejoindre. Alors n'hésite pas.

– Impossible, en attendant qu'il se décide je ne peux pas payer le loyer seule…

Louise la regarde comme si elle se voyait. Leurs peurs, leurs hésitations, elle n'en veut plus. Elle doit les abandonner et laisser derrière elle ce malheur qui s'est accroché aux murs de leur village et de leurs maisons vides. Et puisqu'elle vit seule, elle décide seule ! Elle va aller vivre en ville.

– Je paierai le loyer avec toi, Catherine, dit-elle, je viens.

Sa décision prise sous le coup de la colère, elle n'a plus aucune barrière, et la vie lui apparaît d'une incroyable légèreté.

21

30 octobre 1922. La foule se presse sur les quais de la gare de Tarbes. Toute la ville est venue assister à l'arrivée de la première locomotive électrique. Dans cette petite gare des Pyrénées, les habitants de Tarbes et de la région se réjouissent de pouvoir admirer ce monstre de technologie. Il utilise une caténaire de 1 500 volts à courant continu. Ressemblera-t-il à l'ancienne locomotive à vapeur ? Est-ce vrai qu'il peut rouler à cent vingt kilomètres-heure ? Que ressent-on à cette vitesse ? Cette invention est tout simplement époustouflante. Une usine a été bâtie sur les bords de l'Adour rien que pour elle ! Les journalistes mitraillent Yves le Trocquer, le ministre des Travaux publics, mais personne n'écoute son discours, tous ont les yeux rivés sur le bout de quai où déjà le nez du train apparaît. Mathieu trépigne d'impatience. Il sait que le prototype a été créé en 1914 et mis en sommeil pendant la guerre. Il est enthousiaste. Le moment est historique. Tous les employés de la marbrerie, ainsi que ceux de sa carrière, sont venus avec lui. La ville entière s'est arrêtée de vivre pour assister à l'événement. Josette pousse un cri d'admiration

quand la locomotive entre en gare sous les hourras et les applaudissements d'une foule surexcitée.

– Tu vois, Josette, ce sont des hommes comme ce Jean-Raoul Paul, dont notre société a besoin ! Des hommes qui croient en l'avenir, pas des arriérés effrayés par la technologie ! s'exclame Mathieu.

Bouche bée devant la locomotive qui freine dans un crissement de roues, Josette acquiesce, les yeux rivés sur la machine.

– Heureusement que la pénurie de charbon pendant la guerre et la hausse des prix ont conforté M. Paul dans le choix de l'électrique ! Tu te rends compte de ce que ça signifie ?

Ce M. Paul, comme tous l'appellent ici, Mathieu ne cesse de lui en parler. Il voue à ce brillant ingénieur, sorti major de Polytechnique et premier des Ponts et chaussées, une profonde admiration. Devenu en 1913 le directeur de la Compagnie des chemins de fer du Midi, il n'a qu'une obsession, le progrès, et un seul but, électrifier toute la chaîne pyrénéenne ! Pylônes de vingt mètres pour des lignes de 150 000 volts, construction de postes de transformation, fabrication d'isolateurs en porcelaine, de conduites forcées de gros diamètre, une énorme usine vient de voir le jour sur les bords de l'Adour. Mathieu est enthousiaste.

– Tu te rends compte ? L'énergie électrique, quelle invention miraculeuse ! C'est une source de richesses incroyable. Grâce à elle les machines vont alléger le travail des hommes.

Josette sait que Mathieu pense à la carrière. Au gain de temps et d'effort qu'il ferait en installant des machines. Il en rêve et le matin même il a lu avec attention l'entretien que M. Paul a accordé à un journaliste : « L'électrification du réseau sera la force motrice et l'éclairage partout. Il n'est pas besoin d'insister sur les avantages que les industriels et les agriculteurs en retireront à l'usine comme à la ferme. L'agriculture pourra remplacer la main-d'œuvre par la machine. » Et à la fin de l'article il délivre enfin son autre acte de foi : « Le XXe siècle sera aussi le siècle des engrais chimiques à bon marché qui assureront à l'Europe entière, quel que soit le nombre de ses habitants, le pain nécessaire. Il suffira de doubler la dose de l'acide phosphorique et de tripler celle de l'azote pour que la terre de France produise facilement les cent millions de quintaux de blé nécessaires. »

Mathieu est admiratif. Comment se méfier de ce qui va améliorer le bien-être de tous ? Dans la ville voisine de Pierrefitte, une société chargée en temps de guerre de produire des nitrates pour la fabrication de la nitroglycérine s'est déjà reconvertie dans les engrais chimiques. Nourrir convenablement les hommes grâce à la chimie, n'est-ce pas le plus humain et le plus beau des projets ?

– Mais que deviendront les carriers si on utilise des machines ? interroge Josette avec une pointe d'inquiétude.

– Ils les feront tourner. Ce sera physiquement moins difficile, et imagine un peu… Non seulement, leurs conditions de travail en seront facilitées, mais on pourra éclairer les familles jusque dans les plus petits hameaux et permettre l'implantation de nouvelles industries ! L'électricité c'est le progrès, Josette, pour le bien de tous les hommes !

Josette reste sceptique. Ces changements pourraient créer de grands bouleversements, mais elle se dit qu'elle doit être trop vieille, et que comme tous les vieux, elle a peur de tout. Mathieu est confiant, elle le regarde et lui sourit. Il est jeune, et si enthousiaste.

22

Pour fuir les travaux bruyants qui commencent à envahir la montagne, Joseph passe régulièrement la frontière et va de l'autre côté, en Espagne. Là, il contemple les paysages de champs d'oliviers et les villages aux toits de lauze grise inchangés. Mais il sait que sur ces terres apparemment paisibles d'Aragon couve une autre sorte de menace. Contre le coup d'État et la dictature du général Primo de Rivera, des hommes sentent monter en eux l'irrépressible appel de la liberté.

Il a un ami, Royo, qui traverse souvent la frontière dans l'autre sens comme beaucoup de ses compatriotes qui viennent travailler en France sur les chantiers pyrénéens. Dans les barrages et les carrières, on embauche en permanence. La plupart ne savent ni lire ni écrire, mais ils sont durs à la tâche et savent cogner la pierre. Le soir, dans un campement de nomade, ils partagent autour d'un feu de bois des tartines de pain trempées d'huile d'olive garnies de tomates, avec parfois, du jambon. Royo prend sa guitare, il joue des airs déchirants qui arrachent des larmes à ces hommes rudes qui ont pour honneur de n'en verser jamais. Et plus tard dans la nuit, il parle de son pays avec Joseph. De son frère Manuel qui s'est fait tuer dans un attentat anarchiste à Barcelone, mais aussi de tous ces artistes étrangers et de leurs impresarios venus se réfugier en Espagne pendant la guerre de 14, et qui y ont introduit une culture du divertissement qui ne lui plaît pas. Des cabarets, des music-halls et des revues à l'américaine. Royo aime le silence austère et apaisant des maisons espagnoles, le chant des guitares, les chignons serrés des femmes madrilènes et la tradition des hauts peignes andalous. Cette culture fière que les étrangers ont dédaignée pour faire du flamenco et de la corrida un spectacle pour touristes ! Ils ont atteint l'âme sacrée de son pays, sa profondeur qui donne à son peuple harassé son courage et sa force. Joseph comprend Royo et son amour pour cette terre que l'on dit « arriérée » parce qu'elle n'a pas pris le train du progrès comme d'autres pays d'Europe. Après des années de corruption et d'élections truquées, plus de cinquante mille paysans sans terre émigrent vers l'Amérique. Royo refuse de quitter son pays, même s'il ne lui offre plus de quoi se nourrir. Il vient travailler en France pour survivre, mais rejoint toujours sa vieille maison de pierre sur les hauts plateaux d'Aragon en rêvant d'une Espagne républicaine. Pour elle, il est prêt à mourir.

Joseph comprend son ami. Ici aussi, c'est une musique venue d'ailleurs qui bat son plein et attire la jeunesse. Il est inquiet. L'euphorie de ces années folles les effleure comme la promesse de ces grands navires qui passent au loin des côtes avant de s'en éloigner et de se perdre à l'horizon. Joseph en est certain, ce monde nouveau emportera sur cette terre ce qu'il a de plus cher.

Lui croit au livre des pierres qui ne se referme jamais, aux arbres et aux oiseaux qui planent majestueusement au-dessus de sa tête, et il n'a besoin d'aucune religion pour vivre dans les solitudes de pierre. Il se lève à l'aube, fait ce qu'il a à faire, et s'endort quand tombe la nuit.

23

Angèle pense de moins en moins souvent à son père. Mathieu est au cœur de toutes ses pensées et maintenant que sa mère est installée avec Catherine, elle est apaisée. Sur l'allée des Coustous où l'ombre fraîche des tilleuls protège les promeneurs d'un début d'été caniculaire, la vie est sereine. Elle rejoint Élise, François et ses amis au Café des sports, leur lieu de rendez-vous préféré. Employées des filatures et jeunes ouvriers s'y retrouvent, y chahutent et poussent la chanson en trinquant. Angèle se sent chez elle dans cette ambiance gaie et bon enfant.

Mais chaque fois qu'elle voit Mathieu Arras arriver sur l'allée, dans son costume sombre et sa cravate nouée au col sur sa chemise blanche, tout s'arrête. Elle a un pincement au cœur. Il s'en va rejoindre des hommes comme lui qui lisent les journaux, fument et parlent en buvant des cocktails aux noms inconnus. Un « Cuba libre » à base de citron et de rhum enivrant venu des Caraïbes. Quand de loin elle le voit en terrasse lever son verre et boire, elle imagine couler dans sa gorge en même temps que dans la sienne cette boisson au parfum interdit et sa tête lui tourne autant que si elle l'avait bue pour de vrai. Mathieu Arras et elle ne fréquentent ni les mêmes endroits ni les mêmes personnes. Non seulement elle a perdu l'occasion de se rapprocher de lui à la carrière en fuyant sans un mot de politesse, mais elle s'est ridiculisée. Et elle se sent aussi stupide que triste.

Au Café des sports les beaux garçons ne manquent pas et, avec sa gueule d'ange, Benoît est un des plus séduisants. Élise lui tourne autour, ne sait comment attirer son attention. Angèle l'écoute échafauder une stratégie pour tenter de s'en rapprocher sans en avoir l'air. Mais quand elle ose enfin, elle découvre Jeanine qui trône déjà en bonne place sur le tabouret juste à côté de lui. Elle rit aux éclats selon sa méthode habituelle, et les autres filles la regardent d'un œil noir tout en distillant sur elle un flot de potins qu'elles détaillent avec cruauté. Élise enrage.

Angèle l'entraîne sur la terrasse.

– Ils se font tous avoir, explose Élise. Ils n'ont rien dans le crâne. Quels idiots ! C'est déprimant de voir à quel point ils sont stupides ! La première bécasse venue les emballe. Après le chef d'atelier et mon frère, maintenant c'est le tour de Benoît ! Il me déçoit terriblement, il est aussi bête que les autres. Sans parler de mon frère…

– François s'en fiche complètement de Jeanine, tu le sais bien.

– Je n'en suis pas aussi sûre que toi. Il change.

Elle a raison, se dit Angèle, qui préfère ne pas approfondir et choisit de se concentrer sur le délicieux goût sucré de la limonade espagnole dans sa gorge. Le soleil écrase les tilleuls.

– Tiens, qui voilà ! s'exclame Élise en apercevant Mathieu au loin. Je ne l'aime pas, mais lui au moins ne se fait pas avoir par cette nouille de Jeanine !

– Comment ça ? s'étrangle Angèle.

– Il lui a posé un lapin. Elle était folle de rage.

– Ils avaient rendez-vous ? demande Angèle d'une voix blanche.

– Évidemment ! Qu'est-ce que tu imagines ?

– Comment tu le sais ?

– Tout l'atelier est au courant, affirme Élise en sirotant sa limonade l'air songeur. Et du coup je sais comment je vais me venger de Jeanine ! Je vais m'intéresser à Mathieu et tout faire pour le séduire juste pour la faire bisquer !

Angèle est catastrophée. Séduire Mathieu Arras ! Élise ne doute jamais de rien mais là elle est complètement aveuglée. Comment lui dire, comment l'arrêter sans dévoiler ses propres sentiments, comment lui raconter cette scène humiliante de la carrière ? Lui dire que Mathieu Arras ne voit pas et ne verra jamais les filles comme elles. Elle préfère se taire et se rassure en se disant qu'Élise oubliera Mathieu Arras aussi rapidement qu'elle a oublié Benoît. Elle se trompe. En quelques jours, Mathieu Arras devient l'unique centre d'intérêt de son amie et leur quotidien tourne au cauchemar. Élise ne parle que de lui.

Ce matin, elle arrive euphorique.

– Je sais enfin comment l'approcher !

– L'approcher ? s'affole Angèle.

– Oui. Je vais aller lui parler directement à son bureau à la marbrerie.

– Mais tu es complètement folle ! Il ne faut pas, tu vas te ridiculiser ! Tu n'oseras jamais !

– Bien sûr que je vais oser, où est le problème ? Je vais lui dire que la situation de mes parents est intenable depuis qu'il a embauché mon père là-haut. Puis je vais lui demander s'il pense le faire redescendre ici, à la marbrerie, parce que ça arrangerait toute la famille. La famille ! Pas mal comme approche, non ?

Angèle a la gorge nouée. Elle se rassure en se disant que Mathieu ne la recevra jamais. Mais contre toute attente Élise réussit à obtenir un rendez-vous, y part, et en revient ravie. Les yeux brillants.

– Mathieu est incroyable ! Tellement intelligent, tellement séduisant !

Angèle est stupéfaite. Élise est parvenue à son but et elle appelle Mathieu par son prénom.

Je suis stupide ! se fustige-t-elle en réalisant qu'elle-même ne fait que se bercer d'espoir et de rêveries romantiques.

– Si tu l'avais vu me regarder, me parler… Il m'a dit de ne pas m'en faire, que l'équipe ne restera pas l'hiver à la carrière et que tout s'arrangera. Je suis sur un petit nuage. En plus, je vais le revoir. Je n'en reviens pas.

Celle qui en revient encore moins, c'est Angèle. Que Jeanine qui roule des hanches sous ses robes moulantes intéresse un homme ne l'étonne pas. Mais Élise est loin d'avoir son piquant. Le poison de la jalousie se faufile dans ses veines. Elle en veut terriblement à son amie tout en se reprochant ses mauvaises pensées.

– Il me faut à tout prix une nouvelle robe, dit Élise. Je file chez la couturière.

– Tu es sûre ?

– Oui, je ne peux pas remettre la même puisque je vais le revoir ! Je dois le surprendre.

S'ensuit un tourbillon d'essais de coiffures, de maquillage, de tenues. Élise s'achète même un parfum hors de prix, et une robe d'un rouge intense. Fin prête pour son rendez-vous, elle se regarde une dernière fois dans le miroir.

– Ça va ? Ça ne fait pas trop apprêtée ? Je n'ai pas mis trop de poudre ? Qu'est-ce que tu en penses ?

Tout est trop. Le rouge de la robe et des lèvres, le maquillage appuyé, le parfum entêtant. Espérant jusqu'au dernier moment que ce rendez-vous soit annulé, Angèle a tenté de calmer ses excès, mais Élise n'a rien voulu entendre. Lui redire est inutile.

– Pince ce mouchoir entre tes lèvres pour enlever un peu de rouge. Voilà, c'est mieux.

Sur le palier, Élise se retourne.

– J'ai l'estomac noué, tu n'imagines pas.

Dans la rue, Angèle note avec amertume que la robe incendiaire fait l'effet escompté. Tous les hommes qu'Élise croise se retournent sur son passage. Angèle a sous-estimé son amie. La seule gourde de l'histoire, se dit-elle, c'est moi ! Bien se tenir, rester discrètement à ma place, tout ce qu'on m'a appris, c'est à m'effacer. Jeanine et Élise, elles, ont eu l'intelligence de comprendre que pour se faire remarquer, c'est l'inverse qu'il faut faire.

Mais tout en la maudissant intérieurement Angèle ne peut s'empêcher d'être inquiète pour son amie. Jouer avec le feu n'est pas donné à tout le monde. Élise n'est pas Jeanine. Elle a un cœur d'artichaut, ce n'est pas une séductrice. Qu'il s'intéresse à elle ou pas, Mathieu Arras va l'abîmer, lui faire mal. Jeanine, elle, ne semble pas souffrir de ses échecs. Ni de ce qu'elle laisse d'elle-même à chaque fois dans ses aventures sans lendemain.

Angèle pousse un long soupir, et regarde tout autour d'elle. Dans la fébrilité des préparatifs Élise a tout mis sens dessus dessous, éparpillé au sol et sur le lit ses essayages divers. Dans un coin, le lavabo de faïence qui leur sert de salle de bains est surchargé de produits de maquillage ouverts. La chambre est un capharnaüm. Méthodiquement Angèle plie les vêtements, referme les bouchons des produits de maquillage, range, nettoie. Les bruits de la rue et le chant des oiseaux entrent par la fenêtre grande ouverte. Le soleil inonde la pièce. Angèle s'approche du miroir devant lequel Élise vient de passer des heures et s'observe longuement.

> « La reine possédait un miroir magique, don d'une fée, qui répondait à toutes les questions. Chaque matin, tandis que la reine se coiffait, elle lui demandait :
>
> – Miroir, miroir, dis-moi, dis-moi que je suis la plus belle. »

Angèle se souvient que le miroir du conte répondait invariablement :

« En cherchant à la ronde, dans tout le vaste monde, on ne trouve pas plus belle que toi. »

Les frères Grimm racontaient qu'en vieillissant la reine avait perdu toute sa beauté et qu'elle était devenue aussi repoussante qu'une sorcière.

« La reine se croyait toujours la plus belle femme du monde. Mais un matin le miroir lui répondit ceci :
– Reine, tu étais la plus belle, mais Blanche-Neige au-delà des monts est aujourd'hui une merveille. »

Angèle n'a pas souvenir d'avoir vu autre chose dans leur maison du village qu'un bout de miroir si petit qu'on s'y voyait à peine. Sa mère s'y regardait juste le temps de nouer ses cheveux. Quant à son père et ses frères, jamais. Le temps qui passe ne les souciait pas plus que leur peau burinée par le soleil et le vent. S'occuper de soi, savoir même ce que ça voulait dire, ils n'en avaient aucune idée. Depuis qu'elle habite en ville, Angèle a appris. Elle sourit, penche sa tête sur le côté, c'est déjà mieux. Elle se coiffe, ajoute un peu de maquillage, ça s'améliore encore. Ses yeux sont mis en valeur, son teint est unifié. Devant ce miroir, tout en se reprochant d'y penser, elle se demande si elle aussi pourrait plaire à Mathieu Arras.

Le soleil a disparu, la rue est calme. Elle regarde l'heure.

Dix-neuf heures. Déjà ! Élise devrait être rentrée. Elle se rassure en se disant que son rendez-vous terminé, elle est passée au Café des sports et qu'elle doit s'attarder avec François. Elle ferme la fenêtre, enfile une robe, passe un gilet, et sort les retrouver.

À cette heure le temps est doux, elle a plaisir à marcher dans les rues. La ville de Bagnères est si belle, si douce à vivre. La pierre des maisons, les avant-toits sculptés, les grands bâtiments thermaux et les beaux hôtels témoignent d'un riche passé. De délicates ferronneries, scellées dans des murets, délimitent de ravissants jardins privés. Çà et là derrière les hauts murs se cachent des coursives, des patios. De la dentelle de bois orne les maisons, une rivière court. Angèle s'émerveille toujours du charme de sa ville, mais ce soir, elle est trop perturbée pour y prêter la moindre attention. Un peu soucieuse, et jalouse aussi. Elle a hâte d'en savoir plus sur le rendez-vous, même si quelque chose lui dit depuis le début que tout ça n'est pas clair.

Quand elle entre dans le café, Élise n'y est pas. Personne ne l'a vue de l'après-midi. Inquiète, Angèle s'en va arpenter l'allée des Coustous de long en large. La robe rouge devrait se repérer facilement ; pourtant, elle n'y est pas. Quand Angèle l'aperçoit enfin, Élise est assise, seule, au Grand Café.

– Alors, comment ça s'est passé ? lui demande-t-elle d'une voix faussement calme en s'installant face à elle.

Élise a son air des mauvais jours.

– Il ne s'est rien passé, grommelle-t-elle.

– Comment ça ? insiste Angèle.

– Je ne l'ai pas vu.

C'était à prévoir, soupire intérieurement Angèle, soulagée de voir que son instinct ne l'avait pas trompée. Les filles comme Jeanine et Élise sont le dernier souci d'un homme comme lui.

– Raconte-moi.

Défaite, Élise explique qu'elle est tombée sur Mathieu Arras dans la cour de la marbrerie et qu'il l'a envoyée directement auprès de son secrétariat sans même l'écouter jusqu'au bout. Élise a alors espéré le croiser au Grand Café, sauf qu'il n'y est pas passé. Angèle lui prend la main et la force à se lever.

– Allez Élise, viens, on rentre.

Dans l'ombre des ruelles, loin de l'allée et des lumières, son amie a perdu de sa superbe. Sa petite aumônière pend au bout de son bras, ses épaules s'affaissent. Elle fait peine à voir et Angèle se demande comment elle a pu faire une erreur aussi grossière. Les années de guerre, toute une génération masculine décimée ont privé les jeunes filles de ces belles histoires d'amour dont on rêve à leur âge, et à l'atelier les filles achètent des revues sentimentales qui ressassent des rencontres merveilleuses à longueur de pages. Pressée d'avoir la sienne, Élise a vraiment cru à ce rendez-vous hautement improbable. Angèle tente de la réconforter, mais ne peut s'empêcher d'être soulagée. En partant, les deux amies sont si occupées qu'elles ne le voient pas arriver. Mathieu Arras, lui, a juste le temps d'apercevoir une robe d'un rouge incendiaire passer sous le dernier lampadaire. Il se demande à quelle jeune femme elle peut bien appartenir.

– Qui est-ce ? demande-t-il au serveur.

– Je ne sais pas, mais elle vous cherchait, lui répond celui-ci.

– Je la connais ?

– Ça m'étonnerait, ce n'est pas votre genre, loin de là.

Cette remarque pique sa curiosité, mais il n'a pas le temps d'y réfléchir plus longtemps. Il a un autre genre de rendez-vous.

– Ils sont là ? demande-t-il.

– Oui, dans la salle habituelle.

Mathieu tire alors une dernière bouffée de cigarette, puis écrase le mégot sous son élégante chaussure noire et s'engouffre dans le Grand Café. Il a rendez-vous avec des Espagnols qu'il n'a jamais vus, dont il ne connaît pas le nom, mais qui ont traversé la frontière pour lui.

24

Au même moment, dans sa grande maison bourgeoise sur les bords de l'Adour, Sophie Gruet est sous le choc.

– Antoine ! Travailler avec des carriers ! Mais quelle idée ! Il ne sait rien faire ! Jean, tu ne peux pas lui imposer ça ! Tu connais les dangers du métier…

– Calme-toi ! lui ordonne son père sans laisser à son gendre le temps de répondre. J'ai vu Germain, la situation est réglée. Il ira là-haut.

Sophie blêmit. La carrière Arras, là-haut, était celle de Joseph Arguenos. Elle la connaît bien.

– Vous êtes fous !

Son fils va y monter ? Son petit garçon si maladroit, si vulnérable. Son fils, qui est toute sa vie. Son mari a-t-il deviné ce qui s'est passé autrefois ? Est-ce une manière de l'atteindre à travers Antoine ? Elle demande d'une voix blanche :

– Et pourquoi cette carrière justement ?

– Parce qu'elle est loin, poursuit son père. Antoine ne pourra pas se précipiter dans tes jupes au moindre problème. Ça va l'endurcir, et Dieu sait qu'il en a besoin !

Il n'y a aucune allusion au passé. Il ne sait rien. Rassurée sur ce point, Sophie se tourne vers son mari.

– Mais enfin Jean, dis quelque chose…

Celui-ci reste mutique. Sophie se jette alors à leurs pieds, pleure, crie, mais ils ne veulent rien entendre et son père ajoute qu'une mère hystérique c'est ce qu'il y a de pire pour un garçon. Qu'elle doit se calmer. Que c'est comme ça et pas autrement. Sophie agrippe le bras de son mari. Henri Laplace est un homme doux, il ne peut accepter. Mais contre toute attente, il a donné son accord. Lui qui s'est toujours entendu dire qu'il n'était pas assez dur en affaires ne veut pas que son fils souffre comme lui d'un manque de reconnaissance virile. Il veut en faire un homme respecté, autoritaire comme son beau-père, comme Mathieu Arras.

Désespérée, Sophie court parler à sa mère, mais celle-ci a déjà tout essayé pour les dissuader.

– Mathieu Arras est un homme bien, dit Mme Gruet pour apaiser sa fille. Antoine sera entre de bonnes mains. Ton père a raison. Il faut le discipliner. Mieux que je n'ai su le faire avec toi et ton frère. Tu sais, papa s'en veut toujours à son sujet. Il dit qu'il n'a pas su en faire un homme, que c'est sa faute s'il est parti faire du théâtre ou que sais-je…

Sophie s'attendait à cette remarque perfide sur le passé, elle n'écoute pas la suite et se réfugie dans la bibliothèque. Là au moins elle sera tranquille pour réfléchir. Visage fermé, les yeux secs, elle regarde les eaux de la rivière qui coulent le long de la propriété. Elle a écouté son père et son mari, mais si sa mère croit qu'elle va les laisser faire, elle se trompe. Pour Antoine elle est prête à tout, et le seul qui puisse faire obstacle à cette décision absurde, c'est Mathieu Arras lui-même. Il doit refuser de prendre Antoine. Elle ne le connaît pas personnellement et ne lui a jamais parlé. Chaque fois qu'il arrive au Grand Café ses amies s'emballent, regrettent d'être mariées et de ne pas avoir une dizaine d'années de moins. Mais à part l'intérêt féminin qu'il suscite, il n'a pas l'air particulièrement abordable. N'ayant aucune idée de la façon dont il peut réagir, Sophie Gruet décide de ne pas y aller par quatre chemins. Elle va lui dire que si elle fait cette démarche c'est par honnêteté. Non seulement Antoine ne sait rien faire, non seulement il est indiscipliné et va se mettre en danger en permanence, mais en plus il va représenter un grand danger pour les autres. Elle va lui en brosser un tel tableau qu'il refusera de le prendre. Un coup d'œil à la pendule sur la cheminée de marbre. Neuf heures du soir. Son mari et son père sont occupés à la marbrerie pour un problème urgent de machine qui va leur prendre une bonne partie de la nuit. Avec un peu de chance Mathieu Arras est au Grand Café. Elle doit aller le trouver et l'impressionner tant par ce qu'elle va lui dire que par son élégance. Elle n'est pas n'importe qui, il ne l'écoutera que mieux. Sans l'ombre d'une hésitation elle enfile un manteau de velours léger couleur prune bordé de chinchilla, vérifie ses perles aux oreilles et les crans de sa coiffure souple, son maquillage, pose du bout des doigts deux gouttes de parfum sur ses poignets, ajoute un long rang de perles autour de son cou, prend sa pochette noire charleston et quitte le plus discrètement possible la grande maison par le parc, en ayant soin de ne pas se faire voir du personnel.

25

Des coups répétés sur la porte réveillent brusquement Angèle et Élise. Qui peut tambouriner ainsi ? C'est Georges, l'ami et colocataire de François. Il est venu en courant, et leur explique en reprenant son souffle que François vient de rentrer, en sang. Il s'est fait rouer de coups. Paniquées, les jeunes femmes enfilent en hâte leurs manteaux et le suivent.

Quand ils arrivent dans le petit appartement, elles trouvent un François très amoché. Son nez est cassé, mais il n'a pas l'air d'être au plus mal. En revanche, il est furieux contre Georges qui les a tirées du lit. Quelle idée ! Bouleversée, Élise le serre dans ses bras. L'idée qu'il puisse arriver quelque chose à son frère lui est insupportable. Elle lui répète qu'il doit faire attention, qu'elle l'aime, qu'il est son petit frère adoré. Surpris par cette déclaration excessive, ému, François se dégage de son étreinte.

– Que veux-tu qu'il m'arrive, sœurette ? lui répond-il. Tu me connais, je ne suis pas un gros costaud, mais je suis teigneux. Là je me suis fait avoir par surprise. Ça n'arrivera plus.

Élise lui prend le visage entre les mains comme le ferait une mère attendrie.

– Promis ?

– Oui, promis.

– Laisse tomber cette Jeanine, lui souffle-t-elle à l'oreille en posant sa main sur son bras. Avec ce genre de fille, tu n'auras que des ennuis.

– Jeanine ? sursaute-t-il. Mais qu'est-ce qu'elle vient faire là-dedans ?

– Georges m'a dit que tu étais avec elle…

François lève les yeux au ciel.

– Mais quel abruti, celui-là ! Pas du tout ! J'étais avec des copains du rugby et on s'est expliqué avec des Tarbais. C'est tout ! Allez, les filles, rentrez chez vous. Tout va bien. Et toi, Georges, puisque tu les as réveillées pour rien, tu vas te faire un plaisir de les raccompagner !

Georges acquiesce, penaud. Dans la rue, pendant qu'Élise l'assaille de questions sur la vie sentimentale de son frère, Angèle surprend Mathieu Arras en compagnie d'une femme qu'elle reconnaît immédiatement. Sophie Gruet ! Il lui ouvre la portière de sa voiture, elle s'installe à l'intérieur et la voiture disparaît dans la nuit. Tout le long du chemin, Angèle se passe, se repasse la scène, son cœur bat à tout rompre. Elle se raisonne. Une liaison ? C'est impossible, Sophie est mariée, connue, elle ne peut au vu et au su de tout le monde fréquenter Mathieu Arras ! Surtout sur ces allées près du Grand Café où se rend toute la bonne société ! Non, ça n'a aucun sens. Et puis Sophie Gruet est vieille, elle a au moins dix ans de plus que lui. Mais alors, où allaient-ils ensemble dans sa voiture à cette heure tardive ? Angèle a beau tourner et retourner la situation dans tous les sens, elle ne comprend pas. Se sont-ils vus pour affaires ? C'est improbable, Sophie Gruet passe son temps dans les boutiques et ne s'intéresse pas du tout au monde des carrières et du marbre… Alors, quoi ?

Plus tard, couchée dans son lit, les yeux au plafond, un détail lui revient. La main de Mathieu s'est posée sur l'épaule de Sophie quand elle est montée dans la voiture… Oui, elle s'en souvient parfaitement. Même de loin, Angèle a vu le geste et en a ressenti toute la délicatesse. La nuit était douce, le manteau de velours sensuel, la carrosserie noire de la voiture brillait sous le lampadaire, la scène était d'une élégance irréelle. Ils étaient l'image de cet autre monde, riche, beau…

En regardant son amie qui dort profondément, le cœur d'Angèle se serre. Pauvre Élise, comment a-t-elle pu imaginer intéresser un homme comme Mathieu Arras ? Angèle a mal. Cette douleur qui lui donne le sentiment d'être inexistante, elle ne la ressentait pas au temps du village. En ville, elle a découvert des univers qui la fascinent mais auxquels elle n'a pas accès. Rien ne lui interdit d'entrer dans une boutique de luxe, comme personne ne l'empêche d'entrer au Grand Café. Mais ces univers la rejettent sans que rien soit dit. De nouvelles questions sont apparues qui la tourmentent. Même en travaillant beaucoup, elle ne pourra jamais accéder au luxe qui entoure Sophie Gruet, avoir son élégance. L'isolement du village gommait ces réalités.

Elle regarde tout autour de la chambre, la peinture fanée des murs, le plafond bas, le parquet fatigué et la robe rouge d'Élise qui gît au sol, informe. Elle se lève, la secoue pour enlever la poussière, la suspend avec soin, puis se recouche. Des larmes lui viennent dans le silence de la nuit. Elle est bouleversée, elle ne voit pas comment Mathieu Arras pourrait, un jour, avoir envie d'ouvrir délicatement pour elle la portière de sa luxueuse berline noire. Et au bout d'un temps interminable durant lequel elle se demande comment elle va se sortir cet homme de la tête, elle finit par s'endormir.

26

Après avoir déposé Sophie, Mathieu Arras repense à la promesse qu'il vient de lui faire. Il s'est un peu avancé. Quelle bonne raison va-t-il pouvoir trouver pour convaincre son père de ne pas prendre le jeune Antoine à la carrière ? Germain et Gruet sont des patrons à l'ancienne. Concurrents en affaires, mais capables d'alliances à titre personnel. Le jeune Antoine est loin d'avoir leur tempérament. Mathieu le voit de temps à autre déambuler mollement sur l'allée avec des amis qui comme lui affichent en permanence un air désabusé. Des garçons auxquels il ne manque rien, « sauf un bon coup de pied au derrière », pense-t-il. Hors de question de l'avoir dans les pattes ! La situation à la carrière est suffisamment chaotique comme ça ! Marcel fait des miracles en réussissant à maintenir les hommes à leur poste, pas question de lui en demander plus ! Et puis voilà que la seconde secrétaire démissionne… Non, vraiment, en ce moment, c'est loin d'être simple, s'agace-t-il. Mais il n'a pas envie de décevoir Sophie Gruet. Une femme avec un tel cran mérite qu'on se donne un peu de mal, songe-t-il. Aucune des femmes de son entourage n'aurait le courage de s'opposer à l'autorité d'un père ou à celle d'un mari, et aucune ne serait sortie seule le soir pour venir le trouver. Qu'une mère fasse preuve d'une telle détermination pour protéger son fils le touche, lui qui n'a jamais connu la sienne. Et puis, c'est une belle femme, raffinée. Pas le genre à sortir de chez elle, même dans l'urgence, sans avoir vérifié sa coiffure. Il revoit encore la finesse du bracelet autour de son poignet.

Mathieu aimerait dire au père Gruet qu'on ne fabrique pas un homme comme on fabrique une savonnette, sur un moule identique duquel rien ne déborde. Mais il y a des sujets sur lesquels ce genre d'homme ne transige pas. Aussi inflexible que de l'acier avec des idées toutes faites sur le monde, la vie, l'entreprise. S'il s'oppose à lui et à son père, Mathieu n'a aucune chance. Il décide de jouer la montre. Faire semblant d'accepter Antoine à la carrière, tout en en reculant l'échéance. Il prétextera une succession de problèmes, dont le départ de la seconde secrétaire à gérer avant. Après il traînera encore un peu, puis ce sera l'hiver, et le problème sera réglé.

27

– Ce poste c'est une chance pour toi, mon Angèle. Je me suis renseignée, taper à la machine, répondre au téléphone et recevoir les clients, tu vas vite apprendre.

Ce poste, c'est celui de seconde secrétaire qui vient de se libérer à la marbrerie Arras. Louise vient d'en entendre parler, et elle est persuadée qu'il est parfait pour sa fille. Être en poste dans un bureau est beaucoup plus prestigieux et confortable que travailler à l'usine ! Angèle panique. Il ne s'agit pas de n'importe quelle marbrerie, mais de celle de Mathieu ! Si elle est prise, elle va se retrouver face à lui tous les jours ! L'idée la tétanise. En outre, elle n'a pas la moindre idée de ce que doit savoir faire une secrétaire.

– Décide-toi, mon Angèle. C'est une chance pour toi. Tu peux sortir du lot, devenir quelqu'un. Va te présenter tout de suite, après il sera trop tard.

Angèle ne voit pas ce que sa mère veut dire par « devenir quelqu'un », mais le « trop tard » résonne dans sa tête. Elle doit trouver le courage d'affronter ses peurs, de ne plus fuir comme elle l'a fait à la carrière. Le destin ne lui offrira pas deux fois pareille occasion !

C'est ainsi qu'en ce début d'après-midi elle écoute Josette, la secrétaire en chef, lui expliquer le travail en présence d'Odile, la démissionnaire.

– Vous allez travailler pour Mathieu, le fils du patron. Il est à sa carrière, et s'il passe aujourd'hui, ce sera en coup de vent.

Elle dit *Mathieu* en appuyant sur cette familiarité qui marque le lien privilégié qu'elle entretient avec lui. Josette Coste est dans la maison depuis plus de vingt ans, elle a vu Mathieu grandir et il se dit qu'elle se prend pour sa mère. Angèle sent sa gorge se serrer d'angoisse.

– Pour la machine à écrire, il faudra rester le soir au début, pour vous faire la main. Dans une semaine, si vous ne tapez pas correctement, nous ne pourrons pas vous garder. Ici, on travaille !

À peine a-t-elle le dos tourné qu'Odile s'énerve.

– Quelle vieille chouette ! « Ici on travaille », non mais qu'est-ce qu'elle croit ? qu'ailleurs on fait rien ? Je te préviens, tu vas l'avoir sur le dos en permanence.

– Ah bon ? demande Angèle d'une voix mal assurée.

– Oui. Elle va vérifier ce que tu portes, si tu es à l'heure, si le courrier est tapé convenablement. Mais je te rassure, si elle s'imagine tout savoir sur son cher Mathieu… Elle a bien tort ! Tu vas vite comprendre qu'il ne faut pas tout marquer et savoir se taire.

Angèle pense immédiatement qu'il s'agit de rendez-vous féminins.

– Pas du tout ! C'est les Espagnols, poursuit l'imperturbable Odile. Il ne faudra pas noter leurs rendez-vous dans l'agenda. Garde sur toi un petit carnet dans lequel tu marques tout pour ne pas te tromper. Si tu gères ça bien, ni son père ni la vieille chouette n'en sauront jamais rien, et tout se passera au mieux.

– Et… M. Arras… il est comment ? demande Angèle, angoissée à l'idée de se retrouver face à lui.

– Le père ou le fils ?

– Le fils…

– Autoritaire, colérique et même de mauvaise foi, surtout quand il est à cran comme en ce moment.

– Et pour la machine à écrire ?

– Ne t'inquiète pas. Tu feras comme moi au début. Avec un doigt. Après tu t'habitueras. Entraîne-toi un peu le soir, ça plaira à l'autre sorcière. Et n'oublie pas, tu as de la chance. Il y avait beaucoup de candidates, et c'est toi que Josette a choisie.

Chaque fois qu'Angèle pose son regard sur la machine à écrire, elle se pétrifie. Elle n'y arrivera jamais. Tout lui semble beaucoup trop compliqué. Elle pense que cet entretien est une erreur. Qu'elle doit trouver un prétexte pour ne pas prendre le poste, s'enfuir une nouvelle fois.

– Tu sais pourquoi Josette t'a choisie ?

– Non.

– « Avec la fille de Joseph, a-t-elle dit au patron, aucun risque qu'elle tourne la tête à Mathieu ! Ce n'est pas son genre, elle a l'air de savoir rester à sa place. »

Rester à sa place ! La phrase résonne encore dans la tête

d'Angèle après le départ d'Odile. Être transparente, invisible. C'est ainsi qu'on me voit parce que c'est ce que je suis, se répète-t-elle. Être celle qui range la chambre, qui est sérieuse pendant que les autres font la fête sans se poser de questions. Je ne serai jamais comme Élise ou Jeanine. Je ne serai jamais légère, drôle, séduisante. Aucun homme ne posera les yeux sur moi, se morfond-elle.

Sentant les larmes monter, elle ferme les yeux, inspire profondément et décide de se reprendre. Elle a la chance de pouvoir sortir du lot, comme lui a dit sa mère. Avoir un autre travail que l'usine. Maintenant elle y est et ça la mènera bien quelque part. Elle lisse sa jupe, glisse une mèche rebelle derrière son oreille et observe les lieux.

La pièce est séparée en deux par une porte coulissante en verre dépoli. Il y a un gros poêle, des meubles pour classer les dossiers, son bureau avec de larges tiroirs de chaque côté et, dessus, la terrifiante machine à écrire. Une fenêtre donne sur l'entrée de la marbrerie. Quel endroit ! Elle s'imagine jour après jour pousser la porte et s'installer à ce beau bureau, profiter du confort des lieux. Et du calme. Rien à voir avec le bruit incessant qui règne dans la filature, songe-t-elle avec une pointe de condescendance pour celles qui étaient, hier encore, ses collègues. « Moi, je vais sortir du lot, je suis la secrétaire de Mathieu Arras ! » Elle se répète cette phrase, s'en délecte. Elle en tressaille de plaisir. Elle ne sera pas celle qui peut le séduire, mais elle va avoir avec lui un lien sérieux et fort. Celui du travail. À condition de conserver mon poste, s'angoisse-t-elle. Posant les yeux sur la machine à écrire, elle se force à chasser cette inquiétude et observe l'autre bureau de la pièce. Celui de Mathieu. *Son fameux bureau*, comme a dit Odile.

C'est un meuble en ébène. Une merveille d'ébénisterie qu'il a fait venir de Paris. Contrairement à celui de son père Germain surchargé de dossiers de toutes sortes, il est vide. Aucun papier dessus, pas un seul dossier qui traîne, rien d'autre qu'une lampe étrange.

« Ah, sa lampe ! s'est empressée Odile. Un matin alors que je venais pour la troisième fois lui parler d'un client, il me l'a désignée du doigt en me disant que c'était une création d'Eileen Gray, architecte qui dit que "chacun dans une maison devait avoir l'impression d'être seul". Une manière bien à lui de me dire que je le dérangeais : mais où tu as vu qu'on est seul dans un bureau quand on est plusieurs ! N'importe quoi ces architectes ! Il est prétentieux, c'est pour ça que je pars. Je vais faire le secrétariat pour mon fiancé. Ce sera bien mieux, j'ai hâte. »

Être la secrétaire de son fiancé… Angèle se demande si Odile a bien choisi, mais les bavardages, son instinct lui disait déjà que Mathieu ne devait pas aimer ça, ni qu'on le dérange à tout bout de champ. Je ne lui parlerai que quand il me le demandera, se dit-elle.

28

Les premiers jours sont difficiles. Josette ne quitte pas Angèle des yeux. Elle surveille le moindre de ses gestes, sa manière de se tenir, de répondre, de s'habiller. Angèle ose à peine bouger par peur de lui déplaire. Mais le pire reste la machine à écrire. Sous son regard, Angèle s'installe à son bureau, sent sa présence aussi inquiétante qu'un nuage noir dont l'orage menace à tout instant d'exploser. Elle pose ses mains moites sur les touches et attend que la dictée commence. Elle a l'impression d'être de nouveau à l'école, fait de son mieux, mais à la moindre erreur, Josette soupire d'exaspération, et ne cesse de lui reprocher sa lenteur. Tout comme elle ne cesse de lui répéter que si elle ne s'améliore pas, ils ne pourront pas la garder. Angèle baisse à chaque fois la tête, mais en réalité, elle en serait soulagée. Elle regrette l'atmosphère bon enfant de la filature, cette camaraderie entre collègues, et même le bruit et les remarques acerbes d'Élise envers Jeanine. Jamais avant Angèle ne partait travailler la boule au ventre.

– Serre encore un peu les dents, l'encourage Élise. Vois

tous les avantages. Tu es mieux payée, tu as un confort inouï, et tu vas croiser Mathieu Arras !

– Il ne vient jamais…

– Il finira bien par venir !

– Et taper à la machine, avec la Josette derrière moi, c'est un enfer…

– J'imagine… Mais tu verras, tu vas t'y habituer, et après le dragon te lâchera un peu et tu seras vraiment heureuse de travailler là. Fais-moi confiance, ça va s'arranger.

Angèle l'écoute et se reproche son manque d'opiniâtreté. Après tout, un métier, ça s'apprend. Élise a raison. Et l'apprentissage prend du temps. Je dois me montrer raisonnable, se répète-t-elle. Mais dès qu'elle aperçoit Josette, elle est prise d'une bouffée d'angoisse. Quant à Mathieu, elle sursaute dès qu'une voiture entre dans la cour. Mais il ne se montre toujours pas.

En fin de journée, elle guette avec impatience le départ de Josette, le claquement de la porte d'entrée, et le *clic-clac* des talons qui résonnent sur les pavés de la cour. Josette, dont elle voit le petit sourire de satisfaction se dessiner sur ses lèvres quand elle l'aperçoit rester après l'heure de sortie assise à son bureau pour s'entraîner. Dès qu'Angèle est sûre d'être seule, ses épaules se relâchent, elle se détend enfin et effleure de ses doigts la machine. Le cliquetis des touches résonne dans le bureau vide. Autant que les battements de son cœur. Au début, elle se demandait ce qu'elle pouvait écrire. Et rapidement les mots se sont imposés d'eux-mêmes. Des lettres à ses frères. Elle leur raconte son quotidien, sa nouvelle vie dans la petite chambre, et le manque d'eux, qui s'est creusé plus profondément dans son cœur même si, peu à peu, elle s'y est habituée. Elle leur parle comme elle ne l'a jamais fait de leur vivant. Elle était trop jeune, ils ne tenaient pas à l'avoir dans les pattes. Elle leur écrit des choses qu'elle aimerait pouvoir leur dire s'ils étaient encore là. Mais au fond d'elle-même elle sait que jamais elle ne se serait ainsi confiée à eux. Trop de pudeur. Ce moment où elle se laisse aller à leur écrire devient rapidement celui qu'elle préfère, et même qu'elle attend. Quand elle a fini, elle déambule dans les locaux et finit vite par connaître tous les coins et recoins de la marbrerie, tous les bureaux. Pourtant, elle s'y sent encore comme une étrangère entrée par effraction et reste à l'affût du moindre bruit. Comme une voleuse craignant d'être surprise, elle tend toujours l'oreille. Justement, la veille, Mathieu est arrivé sans crier gare. Elle a juste eu le temps de se cacher sous son bureau. J'ai le droit d'être là, se disait-elle, pourquoi je me cache ? Mais à l'idée de se retrouver face à lui, elle a paniqué. Heureusement il ne l'a pas vue et est parti rapidement. Après, elle a regretté. C'était l'occasion de le voir seul, sans Josette, sans son père. Fuir, toujours ! Quelle idiote je fais ! s'énerve-t-elle.

29

Les jours passent. Elle maîtrise désormais la machine à écrire, et Josette, en confiance, ne la surveille plus comme le lait sur le feu. Mais curieusement, maintenant que la jeune femme se débrouille, elle ne lui donne plus de courrier à saisir. Angèle s'ennuie. Le fourmillement de l'atelier lui manque, elle se demande à quoi elle sert.

– C'est la meilleure ! s'exclame Élise. Avant, tu te plaignais d'avoir le dragon en permanence sur ton dos, et maintenant d'être payée à ne rien faire ! Il faudrait savoir ce que tu veux ! Nous, on n'arrête pas. Le chef nous houspille sans arrêt. J'aimerais bien, moi aussi, faire la poussière sur le beau bureau de « M. Mathieu », comme tu l'appelles.

Angèle lui dit que c'est Josette qui lui a recommandé de l'appeler ainsi, parce que *M. Arras*, c'est Germain.

– Il n'est jamais là, rétorque Angèle. Ça fait près de trois semaines qu'il n'est pas venu. Son père est furieux. Il s'est même énervé après Josette ! Je me demande où il est. Sans doute à la carrière…

Élise a un sourire en coin.

– Je ne sais pas s'il y passe ses journées, mais je sais où il passe ses nuits…

– Ça alors ! Tu le surveilles ?

Élise éclate de rire.

– Pas besoin. Le bruit court dans l'atelier. Il est au Frascati tous les soirs.

– Au Frascati !

Angèle est soufflée. De nombreuses histoires circulent sur cet hôtel de luxe. Anciennement propriété du consul d'Espagne José de Luga, fréquenté au siècle précédent par la bonne société européenne venue prendre les eaux, le Frascati garde ses distances. Dissimulé derrière les grands arbres de son parc, l'attirance qu'il exerce, ambiguë, n'en est que plus forte.

– Pour moi, dit Élise, il va voir des femmes, si tu vois ce que je veux dire. On dit qu'il y en a et que des Espagnols viennent pour elles de Bilbao et de San Sebastián. Et même de Barcelone.

– Pfff ! Qui dit ça ?

– Jeanine, et Noëlle le raconte dans tout l'atelier.

– Les filles comme Jeanine ont toujours besoin d'inventer des histoires, s'agace Angèle. Ce sont des ragots et je me demande pourquoi tu y crois. Qu'est-ce qu'elle en sait de ce qui se passe au Frascati, Jeanine, elle y est allée ?

– C'est Benoît qui lui a dit.

– Benoît ? Celui du Café des sports ?

– Oui. Il fait des extras là-bas. C'est pour ça qu'elle est toujours pendue à ses basques. Il lui a raconté pour Mathieu.

– Elle le voit toujours ? demande Angèle un peu trop précipitamment.

– Pourquoi ? Toi aussi tu t'intéresses à lui ?

Angèle nie farouchement et se réfugie derrière le travail, prétend que c'est important pour elle de savoir où est son patron, mais Élise ne l'écoute plus. Elle vient d'avoir une idée.

– Puisque tu ne crois personne, demain soir tu vas enfiler la robe rouge, et aller vérifier par toi-même ! Comme ça tu seras fixée. J'ai l'impression que tu en as bien besoin.

30

– Mais tu es complètement folle ! Il est hors de question que je fasse une chose pareille !

– Tu préfères que ce soit moi ? demande Élise avec un sourire malicieux sur le visage. Si tu en es incapable...

– Je n'en suis pas plus incapable que toi ! s'énerve Angèle.

– Alors, tiens ! dit Élise en lui tendant la robe.

Angèle s'en saisit d'un geste rageur avant de s'enfermer dans la chambre. Ce qu'Élise peut l'énerver parfois ! Son amie la prend pour une oie blanche et n'a fait que la provoquer. Mais elle veut savoir si Mathieu va dans cet hôtel et ce qu'il y fait toutes les nuits. Tout comme elle veut savoir qui sont ces inconnus en costume qui dînent avec lui au café des Coustous avant de repartir incognito dans leurs berlines. Comprendre qui ils sont et ce que Mathieu cache tourne à l'obsession.

En attendant, elle regarde tomber la nuit. Dans ce quartier populaire les habitants rentrent souvent tard du travail et s'accoudent à leur fenêtre, faisant une pause avant d'aller dormir, le temps de laisser retomber les tensions de la journée. Quelques femmes font la causette, des hommes fument, appuyés aux balustrades. Angèle aime ce moment, quand les enfants dorment, que la fatigue de la journée retombe. On entend quelques rires, la fumée des Gitanes bleues monte vers le ciel. Angèle pense à son père là-haut, à Louise, à la maison, aux jumeaux, à Lucien qui n'a pas eu le temps de connaître le Café des sports, ni l'allée des Coustous, ni les musiques nouvelles. Elle se demande aussi quelle est la vie de Josette ou plutôt si elle en a une puisque du matin au soir elle passe son temps au bureau de la marbrerie. Toutes sortes de pensées incohérentes lui viennent en même temps, et s'évanouissent les unes après les autres. Incohérentes comme l'ordre des choses qui est parfois confus, et les choses acquises qui ne le sont jamais vraiment. Angèle pensait au début de sa vie que tout durerait toujours, la protection de son père, la gaîté de la maison, ses frères, sa mère au foyer, les châtaignes au coin du feu. Elle sait aujourd'hui que tout passe, que rien ne dure. Onze heures sonnent au clocher de l'église Saint-Vincent. Le grincement des volets qui se ferment signale aux traînards qu'il est temps d'aller se coucher. Bientôt il ne reste plus aux fenêtres qu'Angèle et un inconnu qui roule une dernière cigarette entre ses doigts. Un chant se rapproche. Cette voix, c'est la femme du soir, comme on la surnomme. Elle vient du Nord et chante quand toute la ville dort. Elle se promène dans les rues désertes avec son mari dont la moitié du visage a été arrachée par un obus pendant la guerre. Il ne sort pas le jour, alors elle l'accompagne à la nuit. D'une voix pure elle lui offre un moment d'apaisement et de douceur sous les étoiles :

« Dors, dors mon bel ange d'amour,
J'irai veiller au pied de ta demeure,
Dors, dors mon bel ange d'amour,
Jusqu'au tombeau je te serai fidèle,
Dors, dors mon bel ange d'amour,
Jusqu'au tombeau je t'aimerai toujours… »

L'homme à la fenêtre a cessé de fumer. Il écoute attentivement ce vieux chant du Nord, mélancolique berceuse qui parle d'amour éternel. Puis, petit à petit la voix s'éloigne, et le couple disparaît dans la nuit. La cigarette de l'homme s'est consumée, il ferme ses volets et le silence retombe.

Angèle envie cette femme et son homme, elle se demande si elle aussi le connaîtra un jour, ce merveilleux vertige du grand amour.

31

Discret et mystérieux, le Frascati a connu son heure de gloire au siècle dernier. S'y pressaient les riches familles européennes venues prendre les eaux thermales, ainsi que l'élite intellectuelle du pays. La ville bruissait de cascades, de fêtes, d'ombrelles et de robes blanches, de promeneurs nonchalants et de drames sentimentaux. Au Frascati, il était de bon ton de risquer sa fortune sans états d'âme, dans un défi du style « À la vie à la mort » comme dans les tournois d'autrefois. Certains perdaient tout leur argent, on parlait même de suicides. La guerre a balayé les derniers feux de ce monde oisif mais dans le dédale de ses couloirs il en subsiste des traces fascinantes. On dit qu'il sent le soufre et qu'il est dangereux de s'y aventurer.

Sous la lumière crue des réverbères, dans sa robe rouge moulante, perchée sur ses talons, Angèle se laisse emporter par la foule nocturne. Elle n'en mène pas large. Autant elle se trouvait belle dans le miroir de sa chambre, autant dans la rue, au vu et au su de tous, elle est terriblement mal à l'aise. Et tous ces regards masculins qui la déshabillent… Elle a une bouffée de panique. Comment a-t-elle osé revêtir cette robe de feu ? Je l'ai bien cherché ! s'énerve-t-elle. L'idée de faire marche arrière la traverse. Après tout, rien ne m'oblige à entrer dans l'hôtel ! Cette aventure est une très mauvaise idée.

Mais au moment où elle s'apprête à faire demi-tour, la voiture de Mathieu s'engouffre dans le parc. Oubliant instantanément ses craintes, elle passe la grille à son tour. On la laisse entrer. Les gardiens de l'entrée ont l'habitude d'évaluer la clientèle féminine, et dans sa robe, Angèle répond à leurs critères. Elle reprend son souffle sous les arbres, dissimulée dans la pénombre au milieu des luxueuses voitures. J'ai fait le plus difficile, s'encourage-t-elle en jetant un coup d'œil aux hautes fenêtres des salons d'où lui parviennent de la musique et des rires. Elle inspire à fond, se mord les lèvres. Allez, il ne reste plus qu'à gravir les quelques marches qui mènent à l'entrée du palace !

– Vous attendez quelqu'un ?

Surprise, elle se retourne. Un inconnu est là.

– Puisque votre cavalier semble avoir du retard, et si vous le permettez, je vous offre un verre en l'attendant. Qu'en dites-vous ?

Amusé par sa stupeur, il l'entraîne par le bras à l'intérieur et s'installe avec elle au bar. Tout à la fois gênée et réconfortée par cette présence inattendue, Angèle se redresse pour simuler une assurance qu'elle est loin d'avoir, sans se douter que tout dans son comportement la trahit.

L'homme est charmant. Il lui fait la conversation. Angèle l'écoute raconter ses nombreux voyages et son amour pour la région. Est-elle de Tarbes ? Elle acquiesce et jette des coups d'œil inquiets alentour. Et si Mathieu la voyait ? Soulagée, elle note qu'il n'est pas là. Après plusieurs gorgées d'alcool, elle commence à se détendre. L'atmosphère est enfumée, un pianiste joue des morceaux de jazz. Elle se laisse bercer par les notes qui résonnent et prend plaisir à écouter son hôte. Elle détaille son visage, le trouve séduisant avec ses yeux gris clair. Il la fait rire, et s'amuse de la manière dont elle s'émerveille de tout. L'alcool commence à lui monter à la tête, elle ne remarque pas les coups d'œil qu'il jette sur ses jambes. L'homme commande un autre verre. Elle cherche encore Mathieu du regard, et ne le trouvant pas sourit à son interlocuteur en avalant quelques gorgées. Au bout d'un moment elle se sent fatiguée, nauséeuse. La pièce danse autour d'elle. Elle se lève. Un vertige, et elle se retrouve dans les bras de l'inconnu.

– Allons prendre l'air, dit-il en lui offrant son bras.

Elle s'y accroche, et ne voit pas Mathieu qui s'approche et commande un verre. Interdit, il la voit quitter le bar avec un homme. Angèle, ici ! La fille de Joseph Arguenos dans une tenue aussi aguicheuse au bras d'un séducteur ! Le type est un habitué. C'est impossible. Ce ne peut qu'être une erreur, songe-t-il, une ressemblance trompeuse… Après quoi, perplexe, il vide son verre et monte dans les salons privés.

32

La nuit est encore noire quand Mathieu se laisse tomber dans le fauteuil de son bureau, sonné. Comment a-t-il pu perdre une somme aussi colossale ? Il ne comprend pas ce qui s'est passé, lui qui, dans le milieu, s'est fait une réputation de chanceux. On dit qu'il a la baraka. Alors pourquoi un tel fiasco ce soir ? Heureusement ses adversaires espagnols ont accepté de reporter sa dette, et lui ont proposé une nouvelle partie de poker avec un de leurs compatriotes de Saragosse. Mais avec les difficultés à la carrière et l'attitude méfiante de son père, ce n'est pas le moment de s'absenter. Furieux, il abat son poing sur la table. Il se serait refait, c'est sûr ! Un tel manque de chance, ça ne dure pas ! Ça ne lui est jamais arrivé. Il dénoue sa cravate, prend sa tête entre ses mains. Sa dette est importante. Comment va-t-il la régler ? Prendre l'argent dans la caisse de la marbrerie ? Impossible. Il ne veut pas, et de toute façon son père ou Josette s'en rendraient compte immédiatement. Or personne ici ne doit connaître son addiction. On le croit coureur, alors qu'il est joueur !

Au Frascati, ses partenaires viennent d'Aragon, de Galice

et du fin fond de l'Andalousie. De cette plaque tournante au plein cœur de la ville rien ne filtre, hormis une vague réputation de lieu de perdition. C'est là que Mathieu, adolescent, a rencontré après la guerre un homme qui a changé le cours de sa vie.

Tout avait commencé par un défi stupide entre lui et ses copains. C'était à celui qui séduirait le premier une fille du Frascati. Les jeunes gens fanfaronnaient, mais aucun n'y avait mis les pieds avant. Dans leurs plus beaux costumes, masquant leur excitation sous une assurance feinte, ils étaient entrés dans le bar. Au milieu des volutes de fumée des cigares, ils avaient commandé des verres. Accoudés au bar, ils observaient les clients. Des hommes élégants, accompagnés de femmes sublimes perchées sur des talons, dans des robes qui épousaient leur corps. Jamais ils n'en avaient vu de pareilles ! Comment les approcher ?

– À partir de maintenant, chacun pour soi, lança Mathieu en s'aventurant dans les étages.

Ses chaussures s'enfonçaient dans les épais tapis du couloir. Il n'en revenait pas de la facilité avec laquelle il y était parvenu quand il aperçut un jeune serveur s'approcher, un plateau à la main. Il eut juste le temps de se dissimuler derrière une porte entrouverte. Le serveur frappa à la dernière chambre tout au fond du couloir. Mathieu retint son souffle. Quelle sublime créature allait lui ouvrir ? Il imaginait une femme incendiaire. Quelle déception quand il vit un homme, cigare aux lèvres, saisir le plateau et claquer la porter derrière lui d'un coup de talon. Où étaient donc les frous-frous, les rires, les allées et venues libertines dont on parlait ? Il s'approcha, colla son oreille au bois de la porte. Pas un bruit. Pourtant il y avait bien un homme là derrière, et vu le nombre de verres sur le plateau, il n'était pas seul… Le cœur battant, il tourna doucement la poignée. La porte s'ouvrit. Retenant son souffle, Mathieu jeta un coup d'œil. Si l'homme le voyait, il prétexterait s'être trompé de chambre. En fait totalement absorbés, quatre hommes jouaient aux cartes dans un salon faiblement éclairé, garni de tapis et de meubles lourds. La tension était palpable. Personne ne prononçait le moindre mot. Concentrés sur le jeu, ils semblaient coupés du monde. Soudain, le joueur chanceux annonça qu'il faisait une pause. Les autres acquiescèrent, se détendirent sur leurs chaises et se mirent à bavarder. Le joueur se leva, sortit un paquet de cigarettes et s'avança vers la porte.

Mathieu eut juste le temps de se dissimuler dans un placard. L'homme alluma son briquet et, à la lueur de la flamme, Mathieu aperçut son visage. Il retint un cri. Le joueur n'avait plus de visage ! La peau semblait avoir été grignotée par des flammes, son visage était parcheminé et ses yeux luisaient étrangement sur sa face défigurée.

Quand le curieux personnage reprit sa place à la table de jeu, Mathieu quitta l'étage et courut retrouver ses amis. Il leur raconta ce qu'il avait vu. Un serveur qui l'entendit lui expliqua que cet homme était un redoutable joueur de poker qui avait failli perdre la vie dans un grave accident de voiture. Sans comprendre comment il avait pu noter autant de choses en un temps aussi bref Mathieu fut marqué par l'élégance de ce joueur, le tissu souple et le tombé parfait de son costume sombre, sa cravate parfaitement nouée sous un col de chemise immaculé, ses boutons de manchette sertis d'argent et ses chaussures dont le cuir brillait sur le parquet poussiéreux. L'inconnu l'obséda longtemps, il représentait ce que Mathieu aimait chez un homme, une élégance, une aisance et aussi une sorte d'indifférence. Puis il l'oublia. Jusqu'à ce qu'un jour, à Nice, il entre au casino pour fêter avec ses amis leur dernière année d'école. Devant les tables de jeu, au milieu des rires, de la musique et de l'odeur des cigares, il repensa à l'étrange joueur.

Il s'approcha de la table de poker, passa des heures à observer les parties, l'attitude des uns et des autres, l'étrange fixité des regards, les visages impassibles. Ils bluffaient, misaient, risquaient tout. Les jetons passaient d'une main à une autre dans une tension palpable.

– Vous voulez essayer ? lui demanda un des participants à la fin d'une partie.

– Je…

– C'est facile.

Mathieu entama sa première partie avec l'impression que le fantôme du Frascati était à ses côtés, lui soufflant les cartes. Il gagna. On le félicita en évoquant la chance du débutant. Il rejoua et gagna de nouveau. Grisé, il récidiva, gagna encore et cet argent facile lui procura une puissante satisfaction. Il revit l'homme au visage brûlé, imita son élégance, et petit à petit les salles de jeu devinrent son rendez-vous secret. Bientôt il y alla tous les soirs, et revint les poches pleines de billets.

Il eut quelques revers, mais la chance semblait l'entourer comme un halo protecteur. Le joueur le protégeait, le guidait. Alors pourquoi ce revirement juste ce soir, au Frascati ?

Affalé au bureau dans son fauteuil, Mathieu passe et repasse ses mains dans ses cheveux. Il doit se ressaisir. La partie qu'on lui propose en Espagne miroite dans sa tête. Si seulement il pouvait y aller… Il gagnerait, c'est sûr ! Mais, s'il y a peu de temps encore, il pouvait faire ce qu'il voulait, aujourd'hui il doit rendre des comptes. Il a des responsabilités, des salaires à payer. Par la fenêtre grande ouverte, un air léger rafraîchit l'atmosphère que les journées de chaleur lourde ont rendue pesante. L'aube n'est pas loin, il pense à l'Espagnol de Saragosse qui l'a plumé, au palais mauresque de l'Aljafería, à l'interminable fleuve qui traverse l'Aragon et se jette dans l'immense delta d'Amposta survolé par des milliers d'oiseaux venus du bout du monde. Mathieu aime les grands fleuves, leurs eaux qui passent et s'en vont.

33

Tremblante, Angèle a passé le reste de la nuit recroquevillée dans son lit. L'homme lui avait proposé de la reconduire en voiture, mais à peine dehors, il l'a poussée contre un arbre, et a tenté de l'embrasser. Il l'a plaquée violemment contre le tronc, et a glissé une main sous sa robe. Angèle a eu un haut-le-cœur, elle peut encore sentir son haleine chaude sur son visage, ses doigts enserrés sur sa cuisse. Et cette lueur si laide dans son regard. L'homme n'avait plus rien du gentleman qui l'avait fait rire quelques minutes plus tôt. Plus elle se débattait, plus il resserrait sa prise sur elle. Il lui faisait mal, elle avait peur. Elle hurlait, mais ses cris se perdaient dans la nuit. Il avait collé une main sur sa bouche pour la faire taire, et elle avait réussi à lui mordre la paume. Il avait gémi de douleur, s'était reculé une fraction de seconde et elle en avait profité pour se dégager et fuir comme si elle avait le diable à ses trousses. Passant devant les gardiens du parc ahuris, elle a filé dans les ruelles, et ne s'est arrêtée qu'une fois dans la cage d'escalier de son immeuble. Là, elle s'était adossée à la porte d'entrée, à bout de souffle. Quand elle était enfin remontée dans leur petite chambre, elle s'était glissée sous les draps en sanglotant le plus doucement possible. Une honte terrible l'oppressait. Elle avait du mal à respirer. Elle s'était habillée comme une demi-mondaine et avait été traitée comme telle. Tout était de sa faute. Plus jamais elle ne remettrait les pieds au Frascati, plus jamais elle ne porterait une robe pareille !

Le lendemain matin, à peine les yeux ouverts, Élise la presse de questions, mais Angèle est incapable de lui avouer ce qui s'est passé. Elle se sent fautive, sale. Si elle n'était pas sortie dans cette robe moulante, aussi lourdement maquillée, l'homme ne l'aurait jamais abordée, ni agressée. Face à l'insistance de son amie, elle ment et dit qu'en ne voyant pas Mathieu ni sa voiture, elle n'est pas allée plus loin que le parc. Déçue, Élise hoche la tête et part au travail sans en demander davantage.

Au pied du lit la robe rouge gît, informe, inutile. Angèle balaye la pièce du regard. Au fil des jours, les affaires d'Élise ont tout envahi. Un bric-à-brac d'objets, de produits de beauté, de chaussures. Angèle a un sursaut. Elle ne supporte plus le comportement d'achats compulsifs d'Élise. C'est elle qui l'entraîne dans une spirale qui ne lui réussit pas. Tout ça pour être moderne, libre. Ces deux mots, Angèle n'en peut plus de les entendre. Elle s'est perdue, elle n'est plus elle-même. Il faut qu'elle parte. Elle doit trouver un autre appartement, s'installer seule et mettre un terme à toutes ces bêtises. Déterminée à l'annoncer à Élise le soir même en rentrant du travail, elle part à la marbrerie fermement décidée à oublier tout ensemble l'homme du Frascati et ce Mathieu qui ne la mène nulle part. Elle a mis sa robe bleue à petites fleurs achetée au marché au début de l'été et chaussé ses nu-pieds blancs à brides. Elle est sagement habillée, impeccable comme il se doit et digne de la confiance que son entreprise lui fait.

34

Dans la cour de la marbrerie, le portail est déjà ouvert. Elle aperçoit la voiture de Mathieu. Il est là, il est revenu. C'est la première fois qu'elle va se retrouver face à lui, et ni Josette ni M. Germain ne sont encore arrivés. Elle prend une profonde inspiration, vérifie sa tenue et entre dans le bâtiment. Pas un bruit. Elle va dans son bureau, et à peine la porte entrouverte, elle s'arrête net. Il est bien là. Il dort. Sa cravate est négligemment jetée sur le bureau devant lui, la veste de son costume a glissé au sol et sa chemise blanche déboutonnée laisse apparaître la peau de son torse nu. Les manches de sa chemise sont relevées, ses avant-bras reposent sur les accoudoirs et ses mains retombent, inertes. Par la fenêtre ouverte la lumière du matin l'éclaire, Angèle n'ose plus bouger. La gorge nouée, elle ne peut détacher son regard de ce corps offert sans la moindre retenue. Elle voit sa poitrine se soulever doucement à chacune de ses respirations, son visage est pâle, il est dans un état d'abandon total, impudique, beau, fragile, bouleversant.

Angèle ne reprend ses esprits que lorsqu'elle entend les

talons de Josette résonner dans la cour. Se ressaisissant, elle va fermer la porte de séparation, se précipite à son bureau et s'assied devant sa machine à écrire, le cœur battant à tout rompre.

– Bonjour Angèle. Mathieu est arrivé. Vous l'avez vu ?

Avec un sang-froid qui l'étonne elle-même, Angèle répond que non, que la porte de séparation était fermée quand elle est arrivée et qu'elle n'a pas entendu un seul bruit depuis.

– Il ne veut sans doute pas être dérangé, commente Josette. Laissons-le tranquille. De toute manière, aucun dossier ne presse. Quand il ouvrira n'oubliez pas de lui rappeler que la soirée chez M. Oustau a lieu demain. Je compte sur vous ! Je le connais, il va tout faire pour se défiler, mais son père tient à ce qu'il y aille. Suivez-moi, je vais vous donner le carton d'invitation.

Dans le couloir, Josette lui explique que la réussite exceptionnelle de Laurence Oustau, industriel local d'origine modeste, est un exemple dont Germain veut que son fils s'inspire. La soirée qu'il donne dans sa luxueuse villa Art déco à Aureilhan va réunir tout le gratin des entrepreneurs de la région, ainsi que de riches industriels parisiens. Mathieu doit y être. Pour une fois que Germain lui laisse la place ! Cela fera taire ceux qui pourraient douter du rôle de son fils. Laurence Oustau a toute l'admiration du père de Mathieu. Il a quitté le confort du salariat aux Ponts et chaussées pour faire d'une briqueterie artisanale une véritable usine. Puis, ce fils d'instituteur que rien ne prédestinait à pareille audace a élargi sa production en anticipant les énormes besoins des centrales hydroélectriques construites en montagne. Il s'est industrialisé, et fabrique du grès cérame, des pavés, des canalisations et même des pierres creuses en béton de ciment.

– Il a reçu la médaille d'or à l'Exposition universelle ! Son succès est immense. Il livre jusqu'en Russie ! Vous vous rendez compte ?

Angèle acquiesce, se montre impressionnée, mais ne pense qu'à Mathieu, à sa chemise ouverte, à ses bras. Quand elle retourne à son bureau, à peine a-t-elle posé le carton sur l'agenda grand ouvert, comme elle a vu Josette le faire, que la double porte s'ouvre, et Mathieu apparaît. Il a reboutonné sa chemise, noué sa cravate. Leurs regards se croisent. Le sien la met aussitôt mal à l'aise. Lui se demande s'il l'a bien vue, hier soir. Dans sa robe sage et ses cheveux attachés en queue-de-cheval, elle n'a rien à voir avec la femme fatale de la veille dans sa robe incendiaire. Déstabilisée par ce regard inquisiteur, Angèle sent ses jambes se dérober. Il s'approche et saisit le carton d'invitation sur son bureau.

– Qu'est-ce que c'est ?

– Une invitation. Mme Josette m'a dit de vous rappeler que vous devez…

Il l'interrompt.

– J'attends un appel important. Des Espagnols. Ils vont vous donner un lieu, une date et une heure. Avertissez-moi immédiatement…

Il parle vite, une barbe naissante pose une ombre légère sur le bas de son visage et une mèche qu'il n'a pu discipliner l'oblige à la rejeter en arrière d'un geste nerveux. Son visage porte les marques d'une nuit blanche. C'est la première fois qu'il la voit ici mais il agit comme si elle avait toujours été là, une secrétaire à son service.

– Je serai au Frascati le soir. Vous n'aurez aucun mal à me trouver, c'est un lieu que vous connaissez bien.

Il n'aurait pas besoin d'en dire plus, elle a compris. Mais il poursuit :

– Vous faites ce que vous voulez dans le parc des hôtels, mademoiselle Arguenos, mais notre entreprise n'a pas besoin de ce genre de publicité.

Angèle voudrait disparaître. Il l'a donc vue sous l'arbre, avec cet homme qui tentait de relever sa robe. Pourquoi le destin a-t-il voulu qu'il soit là, lui, Mathieu Arras, et pas un autre ? Humiliée, Angèle a terriblement mal.

– De quelle publicité parles-tu ?

Josette vient d'entrer dans le bureau. Sans hésitation et du tac au tac Mathieu lui répond qu'il n'ira pas chez Oustau, qu'il vient de dire à Angèle que ce genre de soirée l'ennuie et ne sert à rien.

– Je n'irai pas y faire le coq !

– Personne ne te demande de faire le coq ! Quel dommage pour toi. Ralph y sera.

D'un coup le visage fermé de Mathieu s'illumine.

– Ralph ? Tu es sûre ?

– Certaine ! Il vient de rentrer d'Inde.

À la stupéfaction d'Angèle, Mathieu se métamorphose. Il prend Josette dans ses bras et la fait tournoyer en laissant éclater sa joie.

– Merci ! Oh merci Josette ! Quelle formidable nouvelle !

Josette rit. Elle a réussi, Mathieu ira à la soirée et son père sera satisfait.

– Ça c'est le Mathieu que j'aime ! lance-t-elle à Angèle avec un sourire complice dès qu'il s'enferme de nouveau dans son antre.

– Qui est Ralph ? demande Angèle.

– Son ami, son frère.

Et là, Josette, habituellement si discrète, se lance dans un long récit sur l'histoire de leur amitié, ne s'embarrassant d'aucune réserve. C'est ainsi que la jeune femme découvre l'âpreté des liens entre père et fils, la solitude dans laquelle Mathieu a grandi, la rivalité entre les deux frères, et Ralph Barrett devenant son frère de cœur auprès de qui il passait toutes ses vacances dans le Gers. Les deux garçons partageaient le même goût pour le rugby, et Ralph, qui avait la passion de la minéralogie, lui avait fait découvrir ce monde mystérieux. Il croyait au pouvoir des pierres. Sa mère écossaise l'avait initié à leur magie. Dans leur milieu d'aristocrates, on aimait ce qui sortait de l'ordinaire, faisait appel à la science mais aussi aux mondes occultes. Mélange audacieux qui traînait quelque chose d'un peu « diabolique » qui les enchantait. Ralph était drôle, pince-sans-rire, cultivé. Ils parlaient de tout pendant des heures, de l'avenir, du rugby, des filles, et du pouvoir des pierres. Mathieu retrouvait dans la fascination de Ralph celle que les siens éprouvaient pour le marbre. Un culte.

– Ils en ont passé, des soirées à la belle étoile ! Ralph est tellement charmant, une chance pour Mathieu de l'avoir pour ami.

Angèle a l'impression d'entendre parler une mère. Elle prend conscience de la véritable proximité qui lie Josette à Mathieu.

– Ils se sont perdus de vue quand Ralph est parti en Inde cultiver le thé dans les plantations familiales. Mais la famille a senti monter le désir d'indépendance du pays. Ils ont préféré vendre la plantation et rentrer.

Angèle est avide de ces détails qui composent un portrait plus précis de Mathieu. Elle a l'impression de mieux le comprendre, de saisir mieux sa personnalité. Mais à quoi bon maintenant, puisqu'il l'a vue au Frascati. Comment oser le regarder en face désormais ? Devrait-elle aller le trouver et expliquer ce qui s'est réellement passé ? Elle en est incapable tout comme elle est incapable de repenser à l'horrible scène sans s'effondrer. Et si elle démissionnait sans donner d'explication ?

35

Angèle passe la journée à réfléchir. Que doit-elle faire ? Si elle démissionne, elle ne pourra jamais se payer une autre chambre et elle n'est pas sûre d'être reprise à la filature. Elle décide d'attendre et de parler à Élise. Elle appréhende sa réaction et est d'autant plus surprise lorsqu'elle voit son soulagement. Élise lui avoue se sentir elle aussi à l'étroit.

– Nous sommes trop différentes, explique-t-elle en songeant qu'en vérité elle n'en peut plus des remarques d'Angèle sur la manière dont elle dépense son argent.

Pour toutes les deux, le quotidien est en passe de devenir invivable. Aussi surprises qu'heureuses de cette décision, elles se mettent en quête d'un nouveau nid pour Angèle et vont fêter la nouvelle au Café des sports. Là, elles tombent sur François qui leur annonce déménager, lui aussi.

– Je pourrais prendre ton deux pièces ? s'empresse Angèle.

– Bien sûr ! Et tu peux aussi bénéficier du même loyer ! Le propriétaire ne passe jamais, il ne se rendra même pas compte que son locataire a changé !

Angèle lui saute au cou.

– Mais toi, tu vas aller où ? l'interroge Élise, intriguée.

– Sur les Coustous.

– Les Coustous ! Mais comment tu as fait, on se les arrache et les loyers y sont hors de prix !

– J'ai eu une promotion…

– Ça alors ! Et tu comptais me l'annoncer quand ? lance Élise d'une voix pleine de reproches.

– Je suis en train de le faire, non ? rétorque-t-il sèchement tout en se tournant ostensiblement vers Angèle, qui s'empresse d'acquiescer avant que la conversation ne dérape davantage.

Élise observe son frère. Il a changé. Soupçonneuse, elle se demande ce qu'il peut bien cacher quand l'explication arrive d'elle-même.

– Ah, François, tu es là ! Je te cherchais.

Jeanine s'avance et l'enlace sans pudeur. Gêné, François tente maladroitement de la retenir.

– Tu n'as encore rien dit à ta sœur, c'est ça ?

Élise blêmit.

– Dit quoi ? Qu'est-ce qu'il aurait dû me dire ?

– Tu le fais ou je lui annonce ? insiste Jeanine.

– M'annoncer quoi ? s'affole Élise.

De plus en plus mal à l'aise, François toussote avant de répondre :

– On s'installe ensemble avec Jeanine. On va se marier au printemps.

Le souffle coupé, Élise ferme les yeux, puis se lève d'un bond.

– Tu ne peux pas ! Ce n'est pas possible !

– Calme-toi, tempère-t-il.

– Pas elle ! hurle Élise. Pas cette Jeanine ! Si tu l'épouses, je te préviens, tu ne me verras plus jamais ! Tu m'entends ? Plus jamais !

– Arrête, Élise, tente Angèle en posant la main sur son bras pour la calmer.

Mais Élise est en furie. Elle se tourne vers Jeanine :

– Le chef d'atelier, Mathieu Arras, Benoît, tu cours après tous ceux qui se présentent mais aucun ne veut de toi ! Tout le monde le sait, sauf mon idiot de frère ! Alors s'il ne sait pas ou ne veut pas savoir, je le dis là, devant toi, tu n'es qu'une traînée, une sale traînée !

– Élise !

Angèle tente de la faire taire, mais Élise, survoltée, la repousse et s'en va. François s'attendait à une réaction, mais pas à ce déferlement de violence. Il est blême et Jeanine est défaite. Angèle tente de le rassurer, répète qu'Élise est impulsive, mais pas méchante, que ça va s'arranger, qu'elle va lui parler. François la conjure de ramener sa sœur à la raison et quand Angèle se tourne vers Jeanine, elle voit ses yeux remplis de larmes. Mal à l'aise, elle les salue et quitte le café.

En rentrant à l'appartement, elle trouve Élise prostrée, le regard mauvais, ce qui ne lui ressemble pas. Elle espérait qu'il ne s'agissait que d'un coup de colère, mais le mal est plus profond. Elle s'approche.

– Tu as été dure avec Jeanine… Elle en a été très meurtrie. Moi je n'en reviens pas, comment as-tu pu lui dire des mots pareils !

Élise tourne vers son amie un visage livide.

– Ne dis pas un mot de plus ! Si tu prends son parti, je ne te verrai plus non plus !

Angèle est stupéfaite.

– Mais enfin Élise, qu'est-ce qui te prend ?

– François est *mon* frère, je sais ce qu'il lui *faut*. Tout sauf cette intrigante ! Cette sale garce ne l'aime pas, elle n'aime personne et tout ce qu'elle veut, c'est profiter de lui, de sa réussite. Mais si elle croit que je vais rester sans rien faire, elle se trompe. Ce mariage ne se fera pas !

Angèle savait Élise jalouse de Jeanine, comme toutes les filles de l'atelier. Mais elle ne soupçonnait pas une telle haine ni la profondeur de son ressentiment. On ne connaît rien de ses proches, se dit-elle avec inquiétude, pensant que son déménagement tombe au bon moment et qu'un peu de distance leur fera le plus grand bien.

36

En tournant la clé dans la serrure de son nouvel appartement, Angèle sent la force que représente son indépendance. Elle rayonne de bonheur. À partir de maintenant elle peut décider pleinement de sa vie et de ce qu'elle veut en faire. Elle a un endroit à elle. C'est un endroit où elle peut faire ce qu'elle veut sans rendre de comptes à qui que ce soit. Personne ne peut y venir sans y être invité, et encore moins poser ses affaires dans tous les coins ou laisser le savon crasseux sur le lavabo. Elle va pouvoir s'organiser comme elle l'entend.

François est passé au village récupérer quelques meubles pour elle. Une table, un lit, un matelas, deux chaises, une paire de draps et un peu de vaisselle que Louise avait laissés en dépôt dans la maison de Catherine. Tout ce qu'il faut pour commencer une nouvelle vie. L'appartement est ancien et a besoin d'un grand nettoyage, mais elle le trouve merveilleux, et rien ne lui fait peur. Pour la première fois, elle se sent libre. Elle a un travail, un salaire et un toit.

De la fenêtre de sa cuisine, elle peut voir le plus haut

sommet de la chaîne pyrénéenne au-dessus des toits de la ville. Le pic du Midi, un emblème. Le ciel y est si pur que des scientifiques y ont construit une station météorologique pour observer les étoiles et la galaxie. Angèle pense aux jumeaux, qui admiraient ces chercheurs, surtout Clément.

– Moi aussi, j'aimerais bien aller là-haut pour voir les étoiles…

– Tu les vois d'ici, lui répondait Joseph.

– Ce n'est pas pareil. Avec leurs instruments, on doit en voir beaucoup plus, et en détail…

– Laisse donc les étoiles tranquilles.

Clément n'insistait pas.

Angèle se détourne de la fenêtre. Les jumeaux lui manquent terriblement. Élise a de la chance d'avoir son frère, elle aussi aimerait tant pouvoir encore se réfugier dans leurs bras. Mais ce soir, elle refuse d'être triste. Ce soir, elle veut juste profiter du présent et de ce qu'elle a.

37

Depuis que Mathieu et ses hommes ont investi sa carrière, Joseph ne descend plus. Il s'est enfermé dans sa souffrance. Louise a des nouvelles par Abel, quand elle va au village fleurir le monument aux morts. Le vieux berger est rassurant, et ce qu'il lui dit suffit à Louise. Elle s'est peu à peu habituée à son absence. Et si parfois, elle a des bouffées de tristesse, elle les chasse aussitôt. Parfois le dimanche, elle va avec Catherine à la messe de l'église de leur village. La nostalgie l'envahit lorsqu'elle passe devant leur maison fermée mais aujourd'hui, les volets sont ouverts ! Les voisins expliquent qu'il y a des nouveaux locataires. Ils viennent de Kergrist, un petit village breton du Morbihan. Louise est soufflée. Du Morbihan ! Mais c'est à l'autre bout de la France ! Que sont-ils venus faire ici ?

Un vieux leur explique que face à la désertification, les maires ont dû agir. Ils ont créé un comité reconnu par arrêté préfectoral pour attirer des Bretons, des Vendéens, et même des Italiens et des Siciliens ! Une population pauvre, mais vaillante et motivée qui accepte de venir travailler la terre aux côtés des paysans et qui fait revivre les villages.

– Au village voisin, a dit le vieux, ils ont des Italiens et des Vendéens. Personne ne les comprend parce qu'ils ne parlent pas le français, mais ils ont des enfants qui courent partout, et qui piaillent toute la journée. Comme ici autour de la fontaine, et nous, on est bien heureux de les entendre.

Louise est submergée par l'émotion. Hier, ce sont ses fils qui couraient autour de la fontaine. Elle aurait tant aimé avoir elle aussi des petits enfants qui joueraient encore avec les autres autour de cette fontaine. Mais la vie suit son cours sans se préoccuper de ce que veulent les uns et les autres. Elle les emporte malgré eux.

Le soir même, Louise va rendre visite à Angèle. Elle a besoin de voir sa fille, sa petite, la seule famille qu'il lui reste. Heureuse, Angèle s'empresse de lui montrer l'appartement dans les moindres détails. Elle lui explique avec enthousiasme ce qu'elle compte faire pour le rendre plus beau. Lessiver, repeindre, mettre des rideaux aux fenêtres. Louise n'en revient pas de la découvrir si sûre d'elle, si confiante. La voir autonome la rend profondément heureuse, et fière. La vivacité d'Angèle est communicative et à peine rentrée, Louise raconte à Catherine les quelques idées qui lui sont venues pour aider sa fille. Coudre les rideaux, l'aider à retaper les meubles, les nettoyer, les cirer. Elle déborde d'une énergie dont elle ne se croyait plus capable.

De son côté, Angèle est aux anges. La joie de sa mère et son enthousiasme à l'aider lui font un bien fou. Ni l'une ni l'autre n'oublient le passé, mais elles ont le courage de s'adapter. Angèle profite entièrement de son travail, qui lui donne une confiance en elle qu'elle n'imaginait pas posséder un jour. Elle ne parle plus des jumeaux à tout bout de champ. « Tout passe… », répétait la vieille Agathe chaque fois qu'elle croisait quelqu'un dans les rues du village. Quel terrible malheur l'avait frappée ? Angèle revoit son regard quand elle lui jetait à la figure cette menace venue d'on ne sait quelle contrée maléfique.

Par la fenêtre ouverte, Angèle plonge son regard dans l'immense galaxie, les milliards d'étoiles qui scintillent. Perchés dans leur observatoire du pic du Midi, les chercheurs sont-ils à leur lunette ? Aperçoivent-ils, comme elle, ces drôles de petits nuages à côté de l'étoile du Berger ? Deux nuages jumeaux, parfaitement semblables. Angèle sourit, émerveillée. Clément et Vincent sont là qui la regardent, malicieux comme avant, prêts à lui en faire voir de toutes les couleurs.

– Dégagez ! leur crie-t-elle. Je vais dormir. À demain !

Et elle éclate de rire au milieu de ses larmes.

La vieille Agathe se trompait. Rien ne passe, rien ne meurt, et la lumière entre toujours dans le cœur de ceux qui savent l'ouvrir au mystère infini des mondes invisibles. Il y a un ailleurs.

38

Il fait beau, Angèle part travailler. La nuit lui a porté conseil. Elle a vu sur Élise les dégâts de l'obsession, et elle est décidée à tout oublier de l'homme affreux du Frascati et de sa fascination pour Mathieu qui ne la mène à rien. Elle a un appartement, elle gagne sa vie, elle se sent forte et veut avancer. La vie est belle.

La journée se déroule sans encombre. Angèle pense à la soirée chez M. Laurence Oustau, à ce qu'elle doit préparer quand Mathieu passe en coup de vent au bureau. Il ne lui adresse pas la parole, repart aussitôt mais juste au moment où il quitte la marbrerie, le téléphone sonne. Elle décroche. C'est un Espagnol. Il donne rendez-vous à Mathieu à Saragosse, au 35, calle del Coso, le soir même.

– Ce soir ! Mais il vient de partir, et…

– Cé loui qué voit ! Dités-lui qué yé sérai au 35 à partir de dix heures.

L'accent est fort, l'homme est espagnol à n'en pas douter. Affolée, Angèle insiste, dit qu'il y a des heures de route, voudrait un autre rendez-vous, un autre jour, mais il a raccroché.

Elle panique. Il ne lui reste plus qu'à aller trouver Mathieu à la soirée de M. Oustau. Mais comment aller à la villa, à plus de quinze kilomètres ? Elle file confier son désarroi à Élise qui, par bonheur, a une solution. François vient de récupérer une camionnette pour son déménagement ! Une chance !

– Je sais où il est, je vais le chercher, lui dit Élise.

– Je viens avec toi.

– Non. Attends-nous ici, ça ira plus vite.

Bien que ne voyant pas pourquoi ça irait plus vite, Angèle acquiesce. Elle ne quitte pas l'horloge des yeux et tourne comme un lion en cage. Le temps presse et la camionnette n'arrive pas. Elle regrette d'avoir laissé Élise partir seule, se dit qu'ils ont dû se disputer de nouveau. Aussi quand elle entend klaxonner, elle se précipite dans la rue. Élise a déjà filé. Quant à François, il a son visage des mauvais jours.

– Ça ne va pas ? lui demande Angèle en s'asseyant à ses côtés.

– Non. Je ne supporte plus ma sœur, grommelle-t-il en démarrant en trombe la camionnette.

– Qu'est-ce qu'elle a fait ?

– Elle a déboulé dans le restaurant où je venais d'arriver avec Jeanine, et a fait un scandale devant tout le monde. Et comme je lui demandais de baisser la voix, elle s'est mise à crier qu'il était plus important de sortir mon amie d'enfance d'un mauvais pas que de passer la soirée avec une poule !

Angèle est consternée.

– Je suis désolée…

– La honte ! Tout le monde nous regardait ! J'ai essayé de la calmer, mais elle criait encore plus fort. Jeanine a quitté la table en me disant que je n'avais qu'à épouser ma sœur ! Que ce serait plus simple pour tout le monde.

– Oh ! mon pauvre François, je suis tellement désolée...

– Je ne sais plus quoi faire, Angèle. Élise s'est toujours mise entre mes copines et moi. Jusqu'ici je prenais ça pour un simple caprice, mais elle va trop loin ! Je ne veux plus la voir !

– Ne dis pas ça ! s'affole Angèle. Élise est excessive, on le sait, mais elle t'adore ! Et si j'avais su pour ton dîner, j'aurais cherché une autre solution.

Angèle s'accroche à la portière. François, énervé, roule très vite.

– Élise savait que ce soir j'emmenais Jeanine au restaurant, et elle a profité de l'occasion pour l'humilier, lui montrer que je céderais à sa demande, que c'est elle qui l'emporterait. Elle est soi-disant amoureuse de l'un ou de l'autre mais ça change tous les jours, et elle oublie Benoît comme elle a oublié Mathieu et tous les autres. Et tu sais pourquoi ?

Angèle le regarde, inquiète.

– C'est Jeanine qui m'a ouvert les yeux. Élise ne voit que moi. Elle confond tout.

– Comment ça ?

– Son amour de sœur, et... son amour tout court.

– Je...

– Laisse-moi finir. C'est suffisamment pénible comme ça d'en parler. Une fois elle m'a embrassé sur les lèvres ! Ça m'a rendu fou ! J'étais hors de moi. Je lui ai dit de ne jamais recommencer, que sinon elle se prendrait une volée.

Élise amoureuse de son frère ? C'est insensé !

– Ta sœur a plein de défauts, mais là c'est toi qui ne vas pas bien…

Il s'arrête au beau milieu de la route et tourne la tête vers elle.

– Je suis sérieux, Angèle. Aide-moi ! À part toi, je n'ai personne à qui l'avouer. Elle se ferait lyncher si ça se savait. Et moi avec. Elle est malade, il faut qu'elle voie quelqu'un, qu'elle se fasse soigner.

Sa voix se brise. Il redémarre, tourne sur le chemin qui mène à la villa, s'arrête devant l'entrée et se prend la tête entre les mains. Il est perdu, et Angèle au moins autant que lui.

– Attends-moi, je fais au plus vite. On en reparle.

Dans la longue allée, elle presse le pas. Les confidences de François lui font si mal qu'elle se rassure en se disant qu'il exagère, qu'il est à cran à cause de ce conflit avec Jeanine. Le baiser d'Élise n'est qu'une maladresse involontaire, elle lui parlera. Mais il faudra à tout prix qu'elle promette de laisser son frère vivre sa vie.

– Zut ! L'adresse !

Dans la précipitation, elle a oublié la feuille sur laquelle elle a noté l'heure du rendez-vous. Elle ne se souvient que de la rue « calle del Coso » à Saragosse. Mais le numéro… Elle se concentre, essaie de se rappeler ce qu'elle a noté. Était-ce 35 ou 53 ? Dans quel ordre ? Dans sa tête, elle se revoit penchée sur sa feuille. Mais arrivée devant la villa, elle s'arrête net. Jamais elle n'a vu une maison pareille. Grandes terrasses, balustres, avant-toits travaillés, décors de zinc en finition de toiture, briques et céramique de couleur en décor sur les façades. Un décor inouï. Intimidée, elle avance. À travers les baies vitrées elle aperçoit de hautes cheminées, des guirlandes de fleurs et d'iris en tableaux de céramique insérés dans les murs. La demeure Art déco de Laurence Oustau est une vitrine de toutes les nouveautés. Un peu écrasée par tant de luxe, Angèle gravit les marches qui mènent à la grande terrasse qui court autour de la maison. Par les portes-fenêtres largement ouvertes, on entend les notes d'un piano et une voix d'homme. Angèle s'avance vers un serveur et lui demande où se trouve Mathieu Arras. Surpris, il met un doigt sur sa bouche et lui indique l'intérieur de la maison.

– Il est dans le salon. C'est lui qui chante.

Elle le regarde, incrédule.

– Vous devez vous tromper… ce chanteur n'est pas français…

– Si. C'est M. Arras qui chante l'hymne gallois en l'honneur de son ami Ralph Barrett qu'il vient de retrouver. Voyez vous-même.

Angèle s'avance sur le côté, et découvre Mathieu. Tous les regards sont tournés vers lui, le silence est total, on l'écoute religieusement.

« *Hen Gymru fynyddig… Mae hen wlad fy nhadau yn annwyl i mi… O bydded i'r hen iaith barhau… Na thelyn berseiniol fy ngwlad*[1]… »

1. Vieux pays de montagne… La terre de mes ancêtres m'est chère… Puisse être éternelle ma langue ancienne… La harpe mélodieuse de mon pays.

Aucun des invités ne comprend le sens de ces mots celtiques, mais dans leur mystère certains reconnaissent la même douceur et la même force qui, bien au-delà de toutes les frontières, étreint le cœur des hommes quand ils chantent leur terre d'enfance. Mathieu est magnifique. Longiligne dans son costume sombre éclairé du col immaculé de sa chemise blanche, il se dégage de sa personne comme de sa voix une sensualité masculine troublante. Les invités en sont tous saisis, et quand le chant se termine ils applaudissent avec ferveur.

– Au fait, mademoiselle, puis-je connaître votre nom ? Vous avez un carton, vous êtes invitée ?

Le serveur est méfiant, cette fille en robe ordinaire détonne au milieu des autres convives. Prête à expliquer qu'elle est la secrétaire de Mathieu Arras, Angèle se rappelle qu'elle a oublié le message de l'Espagnol. Elle bafouille, s'excuse, et repart précipitamment.

Quand elle retrouve François, elle n'ose pas lui dire qu'ils sont venus pour rien. Et ne sachant que dire elle s'empresse de lui raconter que Mathieu chantait…

– En gallois, on ne comprenait rien.

– L'hymne mythique ?

– Tu connais ?

– Bien sûr ! Je peux même te le chanter si tu veux.

– Toi ! Mais comment… ?

– Mathieu et Ralph ont beaucoup joué au rugby ensemble et ils l'ont souvent entonné. Tous les gars d'ici qui jouent au rugby le connaissent aussi.

Angèle le regarde, intriguée.

– Mais comment tu connais ce Ralph ? il vivait en Inde…

– Je ne sais plus… J'ai dû en entendre parler. Comme tout le monde.

Il lui cache quelque chose, mais Angèle ne cherche pas plus loin. Aujourd'hui tout lui échappe et l'inquiète terriblement… Comment avouer à Mathieu qu'elle a fait n'importe quoi, oublié le message et qu'il est trop tard pour l'Espagnol ? Dans sa tête c'est le chaos, elle en pleurerait. Heureusement, tout le long du retour François reste silencieux, elle n'aurait pas la force de reparler d'Élise, elle verra plus tard.

39

Le lendemain, tout Bagnères ne parle que de la prestation du fils de Germain Arras. On dit que les invités ont entonné avec lui des chants pyrénéens, et que sur l'insistance de M. Oustau qui y tenait pour sa femme, Mathieu a délivré une chanson d'amour à faire chavirer. Au Grand Café, les amies de Sophie Gruet ne parlent que de sa voix sensuelle, pendant qu'à la marbrerie Germain Arras éclate de colère. Il a envoyé Mathieu à la soirée pour qu'il rencontre le milieu des décideurs et entrepreneurs de la grande région, pas pour s'y donner en spectacle !

– M. Oustau ne tarit pas d'éloges, s'empresse de répliquer Josette pour le calmer. Sa secrétaire m'a appelée à la première heure pour nous en féliciter. Il dit que grâce à Mathieu sa soirée a été une réussite totale !

Germain Arras lui jette un regard furieux.

– Peut-être, mais pour la réputation de la marbrerie c'est une catastrophe ! Comment croyez-vous que les décideurs vont parler de Mathieu après cette prestation lamentable ?

– Lamentable ? Mais il a séduit tout le monde. Vous devriez en être fier et heureux.

– Une entreprise a besoin d'un patron, Josette. Pas d'un chanteur de charme !

– En quoi est-ce incompatible ? Et puis tout le monde chante, sur nos terres de Bigorre. Vous le savez aussi bien que moi. Des vieux aux plus jeunes on pousse la chanson, alors pourquoi pas lui !

– Parce qu'il n'était pas là pour ça ! Bon sang, je suis le seul ici à avoir une idée de ce qu'est un patron ?

– Bien sûr. D'ailleurs on dit dans tout Bagnères que Mathieu tient de vous, poursuit Josette imperturbable. Il paraît que vous aussi aviez une belle voix de ténor…

Germain la fusille du regard.

– Mathieu devait parler de notre potentiel, conforter nos réseaux, convaincre, au lieu de faire le joli cœur sur scène ! Qu'est-ce qui lui est passé par la tête ? Et que croyez-vous que Gruet a fait pendant ce temps ?

– Il chantait, s'empresse Josette sourire aux lèvres. Ce matin au petit déjeuner sa femme a dit qu'elle n'avait jamais vu son mari aussi détendu. À la soirée, il a entonné tous les chants du pays avec Mathieu et les autres. Il a vanté ses qualités, sa courtoisie, et Mme Gruet a même parlé de son charme.

Il lui jette un œil noir.

– Arrêtez tout de suite ces mièvreries, Josette ! Qu'est-ce qui vous prend ? Et donnez-moi l'ordre du jour !

Josette pose l'agenda sur son bureau d'un geste vif.

– En fait, rétorque-t-elle sèchement, mis à part ses diplômes qui vous flattent, vous ne savez rien de votre fils.

Qui il est, ce qu'il souhaite faire. Il aurait pu avoir une belle carrière dans une grande entreprise du Nord, et pourtant il est revenu malgré votre désintérêt. Vous devriez lui en être reconnaissant au lieu de l'accabler.

Germain Arras accuse le coup. Quand sa jeune femme dont il était passionnément amoureux est morte en mettant Mathieu au monde, il a rejeté l'enfant pour se consacrer à son aîné. Après la guerre, il a compris, grâce à son ami Joseph, qu'il avait de la chance d'avoir encore un fils. Trop jeune pour le front, Mathieu avait échappé au carnage. Face à la douleur qui régnait dans toutes les familles, cette réalité a fini par avoir raison de son rejet. Et le jour où Mathieu a obtenu le titre d'ingénieur, son orgueil de père a repris le dessus. Mais il a beau faire, il ne se reconnaît pas dans les manières de ce fils passé par les grandes écoles, ces diplômés qui n'ont jamais connu la dureté des chantiers.

– C'est faux, rétorque-t-il pourtant. J'aime Mathieu, mais j'ai des employés et une marbrerie à faire tourner. Ma responsabilité va au-delà de mon amour de père, sinon je ne serais pas digne de vous tous. Que penseriez-vous, Josette, si je pardonnais à mon fils des absences inexpliquées que je n'accepterais d'aucun de mes hommes ? Remettez-vous, je file.

Josette le regarde partir avec une pointe d'émotion. Elle en a été un peu amoureuse autrefois, et Mathieu lui ressemble tant. Aussi séduisant, aussi autoritaire.

40

À peine Germain parti, Josette convoque Angèle dans son bureau, ferme la porte et la dévisage d'un air grave.

– Il faut m'avertir immédiatement si des choses inhabituelles se passent. Je dois tout savoir de ce que fait Mathieu. Vous avez compris ?

Josette est-elle déjà au courant pour le coup de téléphone et le mystérieux rendez-vous ? Josette insiste, explique que ça pourrait être grave pour l'entreprise, qu'il en va de l'emploi de tous. Déstabilisée par cette charge inattendue, Angèle hésite. Doit-elle parler de l'appel de l'Espagnol ? Elle se souvient des instructions d'Odile. Mathieu est son patron, elle ne doit rien dire de ses affaires personnelles. Ne sachant plus que faire ni vers qui se tourner, Angèle louvoie et se précipite à la pause déjeuner auprès de François. Saragosse, les Espagnols, un rendez-vous raté, un véritable imbroglio. Pourtant, à peine mis au courant, François comprend tout de suite ce que ça signifie.

– Je voudrais fixer un autre rendez-vous, lui dit-elle. Mais je ne sais même pas où et qui appeler.

Visiblement François n'en a pas besoin. Son cousin a monté un tripot dans la montagne et connaît le milieu des joueurs. Il a un contact, un Aragonais.

– Royo m'aidera. Je te tiens au courant.

Comment François sait-il tout ça ? D'où connaît-il le milieu des joueurs, ce Royo ? Angèle s'interroge, mais elle souffle, rassurée. Elle n'est plus seule, et pour l'instant avec Josette sur le dos et tous les déboires qui se sont enchaînés, c'est tout ce qui lui importe.

Le lendemain, Germain déboule dans le bureau de Josette. Il veut impérativement voir Mathieu.

– Où est-il passé, Josette ? S'il compte finir d'arracher les blocs qu'il lui faut pour la commande de son décorateur et des Américains, il doit pousser les gars ! C'est déjà presque trop tard et je connais les arracheurs. Ils ne regardent pas les heures, mais un matin, aux premières palombes ils vont poser la massette. Et après c'est l'hiver et le gel. Mathieu n'aura pas ses blocs et il va tomber des nues. C'est un inconscient ! Où est-il ? Trouvez-le-moi immédiatement !

– Où voulez-vous qu'il soit ? réplique vertement Josette qui n'a pas digéré ses remarques de la veille. Il est à la carrière. Marcel l'a appelé pour faire le point. Les hommes avancent plus vite que prévu. Après il part à un rendez-vous, vous le verrez demain. Il sera là.

Elle invente, brode pour justifier l'absence de Mathieu. L'ambiance est électrique. Germain crie pour un rien dans les couloirs et Josette de plus en plus fébrile se tourne vers Angèle et l'assaille de questions.

– Vous me cachez quelque chose, Angèle ! Je le sens. Parlez, bon sang, parlez !

Angèle se sent coupable car elle sait que Josette a raison de s'inquiéter. Marcel n'a jamais appelé. Au contraire, lui aussi cherche Mathieu. Ce dernier fait prendre des risques à toute la marbrerie. Ses histoires de jeu ont une incidence grave sur son comportement et Angèle ne se sent plus le droit de garder ça pour elle. Elle finit par tout avouer.

Josette accuse le coup. Elle imaginait des soirées, des filles, or il n'en est rien. Mathieu joue de l'argent. Elle en pleurerait. Angèle la voit se décomposer. Le poker ! Comment n'a-t-elle rien vu ? Comment Mathieu a-t-il pu basculer dans cet univers ? Elle l'imagine fréquenter ces lieux sordides d'escrocs en tous genres qui ruinent leurs familles.

– Ce François dont tu me parles, rétorque-t-elle d'une voix ferme en se reprenant, et qui t'aide à retrouver l'Espagnol, c'est qui ?

– C'est le fils de Marcel.

Josette imaginait un mafieux, or ce François-là, elle le connaît bien. Recommandé par son père Marcel, Germain l'a trouvé plus malin et plus intelligent que la moyenne. Il l'a envoyé se faire embaucher chez leur principal concurrent. Les innovations, les nouvelles productions, les potins divers. François est en quelque sorte un espion Arras, infiltré chez Gruet. C'est Josette qui lui a obtenu l'appartement sur l'allée des Coustous. Mais elle ne dit rien à Angèle de ces arrangements. Les secrets de l'entreprise doivent rester secrets.

– Ne dis à personne ce que tu m'as raconté sur Mathieu. À personne, tu m'entends ?

Angèle acquiesce, penaude.

– Si M. Germain apprenait que son fils joue de l'argent, ce serait terrible… Tu imagines ! Tout ce que tu m'as dit doit rester entre nous, compris ?

Angèle acquiesce à nouveau.

– Sais-tu combien Mathieu a perdu ?

– Beaucoup… je pense.

– Alors il va falloir l'aider à partir à Saragosse au plus vite, puisqu'au point où il en est, il ira de toute façon, vu que pour lui c'est le seul moyen de régler le problème… J'ai une idée !

Pour justifier le voyage auprès de Germain, elle invente une mission : acquérir des pièces de prestige à un collectionneur de minéraux qui vit à Saragosse. Le cadeau de fin d'année idéal pour les clients ! Ça nous changera du foie gras, des chocolats ou du vin, dit-elle en présentant la chose à Germain. Ce sera cohérent avec l'image de la marbrerie, et original. Ralph sera du voyage. Elle insiste sur le fait que l'ami de son fils est un passionné, un grand connaisseur de minéraux qui pourra le conseiller.

– Vous le faites exprès ! explose Germain. Qu'est-ce que cette nouvelle lubie ? Comme si Mathieu n'avait pas plus urgent à faire en ce moment que d'aller acheter des *cailloux* en Espagne !

– Marcel se débrouille très bien là-haut. Il vous l'a dit lui-même, tout est presque terminé. Et c'est un simple aller-retour… Mais si vous préférez y aller vous-même…

Arras lève les yeux au ciel.

– C'est vous qui voyez, continue Josette, déterminée… Soit

Mathieu part à Saragosse au plus vite et revient avec ces minéraux, soit je me décharge définitivement de cette corvée de cadeaux qui me prend un temps fou, et vous vous débrouillerez tout seul.

Josette ment et s'en veut, mais si Germain apprenait l'addiction de son fils ce serait la rupture définitive et la fin de la marbrerie Arras. Gruet n'attend que ça pour mettre la main dessus. Mais après Saragosse, elle n'acceptera plus le moindre dérapage. Elle arrive à accepter que Mathieu dépense de l'argent pour ses voitures, qu'il séduise des femmes, qu'il disparaisse sans laisser d'adresse, mais pas qu'il se laisse piéger dans des jeux d'argent sordides. Il est né sur les terres bigourdanes, dans un Sud-Ouest aux valeurs solides qui ont fait leurs preuves. Les illusions n'y ont aucune place. Heureusement qu'Angèle a parlé. Pourquoi cette petite a-t-elle la tête sur les épaules, et pas ces garçons qui affichent tant d'assurance ?

Quand Mathieu revient enfin au bureau, Josette s'empresse de lui dire qu'elle sait tout, et sans lui laisser la moindre chance de se dérober lui impose la présence d'Angèle pour le voyage à Saragosse.

– Sois prudente, recommande-t-elle à Angèle en lui tendant une enveloppe. Ce sont mes économies, garde-les toujours sur toi. Si Mathieu perd, tu règles sa dette en espérant que ça suffise. J'ai confiance en toi, Angèle, tu sauras faire. Et encore une fois, tout reste entre nous.

Angèle n'a pas osé refuser mais l'enveloppe lui brûle les doigts. Elle n'a jamais eu autant d'argent entre les mains.

41

Mathieu est en colère. Cette Angèle qui joue les filles sages et relève sa robe sous les arbres du Frascati a tout raconté à Josette et s'est montrée incapable de faire le peu qu'il lui avait demandé. Heureusement François est là. Il va régler le problème du rendez-vous. Mathieu le connaît bien, il l'a sorti d'un mauvais pas une nuit où il se faisait cogner par une bande d'ouvriers de Tarbes venus en découdre avec les carriers de Bagnères. De vieux conflits de rugby qui ne se soldent pas toujours sur les stades. Depuis, ils se rendent mutuellement quelques services. Ce soir, Mathieu attend François dans sa voiture à l'endroit habituel, une rue à l'écart de la ville. Il arrive à vélo, sourire aux lèvres. Pour la partie à Saragosse c'est bon, le cousin de Royo a retrouvé l'Espagnol.

– Lui ne peut pas venir jouer contre toi, mais il se fait remplacer par un type en qui il a toute confiance.

– Merci François, je te revaudrais ça.

– Au fait, le type en question, on dit que c'est un excellent joueur…

– Moi aussi je suis un excellent joueur, et je vais en finir. Régler ma dette.

François acquiesce. Il n'aurait jamais imaginé avoir des liens avec « l'héritier », comme il l'appelait avant de le connaître. C'est Mathieu qui lui a permis de s'affirmer chez Gruet en lui expliquant que, contrairement aux idées toutes faites, les patrons ne fonctionnent pas tous de la même manière et que ce qui vaut chez Arras ne vaut pas chez Gruet.

– Mon père est parti de rien, lui a dit Mathieu. Il veut des hommes qui viennent de la base, comme lui. Des types fiables qui ne traînent pas dans les bureaux et qui font le boulot. Gruet est un héritier, comme moi. Le terrain, il n'y a jamais mis les pieds. Il a tendance à faire plutôt confiance aux hommes qui valorisent son ego. Si tu veux faire ton chemin chez lui, oublie tes casquettes et enfile un costume. Ne perds pas de temps à trimer dans les ateliers où personne ne te voit. Balade-toi dans les bureaux, parle, montre-toi, fais le beau. Chez mon père tu serais mis dehors dans le quart d'heure, chez Gruet tu vas monter en grade !

En quelques mois de ce régime appliqué à la lettre, François est passé chef d'équipe et Mathieu se l'est durablement attaché. François connaît son addiction au jeu, mais tout le monde a des choses à cacher, lui le premier.

– Le type t'attendra au 35 de la calle del Coso, dit-il à Mathieu. Méfie-toi. On dit qu'il a l'instinct du diable et qu'il joue comme un dieu.

– J'ai compris.

Il s'apprête à partir, mais François le retient.

– N'en veut pas à Angèle, elle ne savait pas quoi faire. C'est une fille sérieuse, tu peux avoir confiance en elle.

– Tu es bien naïf, François. Méfie-toi des filles sérieuses. Ta Jeanine est autrement plus fiable, crois-moi. Elle me passe tes messages chaque fois que tu le lui demandes, quitte à passer pour une racoleuse alors qu'elle n'en a que pour toi.

42

Sur la route qui longe le grand fleuve espagnol, l'Èbre, juste avant d'arriver au pont de pierre pour entrer dans la capitale d'Aragon, Mathieu arrête la voiture. Il a roulé pendant des heures. Malgré l'insistance de Ralph il n'a pas voulu faire une seule pause et maintenant, à quelques mètres du but, il coupe le moteur.

Le soleil rougeoie le long d'une bande qui s'étire à l'horizon, au bas d'un ciel pâle zébré de filaments mauves. Les lumières de la ville s'allument les unes après les autres, et les hautes tours de la cathédrale du Pilar semblent tout droit sorties d'un conte d'Orient.

Saragosse ! Angèle est émerveillée, c'est la première fois qu'elle entre dans une ville espagnole. Au village les garçons traversaient la frontière et s'y aventuraient sans qu'on leur dise quoi que ce soit, mais pour les filles c'était interdit. La dictature du général Primo de Riviera inspirait la peur, et la Guardia Civil qui sillonne le massif en permanence avec casques et fusils est loin d'avoir bonne réputation. Sur les chemins poussiéreux et les sentiers de montagne les contrebandiers pullulent. Il vaut mieux ne pas se faire prendre. Quand elle était petite, il est arrivé que Joseph l'emmène dans de petits villages aragonais, haut perchés, où il avait des amis et allait chercher du tabac. Elle se souvient de l'austère simplicité des maisons de pierre sèche, des ruelles étroites. Un soleil de plomb écrasait les champs d'olivier et tombait sur les hommes, comme du feu. Recouvertes de longs voiles noirs, de vieilles femmes rasaient les murs près des églises, autour des cimetières. Elles effrayaient Angèle comme elles avaient effrayé Francisco Goya, l'enfant du pays qui deux siècles plus tôt les avait figées dans des œuvres grimaçantes. Ce soir, dans la luxueuse berline de Mathieu, Angèle découvre une Espagne différente. Altière et flamboyante. Le coucher de soleil dore les coupoles de sa cathédrale, Saragosse commence à peine à respirer dans la douceur d'un soir d'été.

Ralph Barret jette un coup d'œil à sa montre. Il faut y aller, c'est l'heure. Mathieu remet le moteur en marche, tranquillement la voiture passe le pont de pierre et entre dans la ville.

Être en Espagne, parler une autre langue, jouer de la guitare à l'heure du *paseo* ou risquer son argent avec des inconnus, pour Mathieu c'est se glisser dans la peau d'un autre, vivre une autre vie que la sienne. Il lui arrive de penser que, s'il joue au poker, c'est pour ça. Être un autre. Pourquoi ne vivre qu'une vie alors qu'on peut en expérimenter tant d'autres ? Passer la frontière, pour lui, c'est devenir espagnol. Il aime se fondre dans la foule d'une place ou d'un café, comme il le faisait dans son adolescence avec ses amis.

Cette envie est née lorsqu'il a compris que son père ne tenait pas à lui. Une prise de conscience douloureuse. À chaque fois qu'il rentrait à la maison pendant ses études, Mathieu voyait son frère régner sur leur marbrerie. Il prétendait se sacrifier pour son avenir, alors qu'il s'y était installé comme on glisse ses pieds dans une paire de pantoufles. Sans efforts. Jaloux de la réussite scolaire de Mathieu, il avait choisi de jouer au maître de la maison familiale. Celui à qui personne ne réclame de comptes, et qui est capable de tout. Comme détourner de l'argent. Quand Mathieu s'en est aperçu, il a eu du mal à y croire. Avec leur éducation, c'était impossible ! Il a cherché les preuves en espérant ne pas les trouver, mais elles étaient bien là. Irréfutables. Il les a posées sur le bureau de leur père mais son frère a nié en bloc et Germain n'a pas cherché plus loin. Il a refermé le dossier et n'en a plus jamais parlé. Devant l'aveuglement flagrant, Mathieu est resté profondément meurtri. Jouer de l'argent a été le moyen de se débarrasser de ses illusions, puis c'est devenu une terrible addiction. Dans ce monde abîmé d'après guerre, s'il est revenu à la marbrerie malgré tout, c'est par fidélité à ce qu'il aime. La terre natale, les marbres, c'est tout ce qu'il lui reste après son immense désillusion familiale.

Arrivé devant le 35, calle del Coso, il entre, se dirige vers le bar et donne son nom au patron derrière la caisse. Celui-ci fait un signe et à l'autre bout de la salle un inconnu se lève. Mathieu tressaille. L'homme est grand, maigre, et dans son visage défiguré on ne voit que l'intensité de ses yeux. Mathieu est parcouru d'un frisson. Cet inconnu qui s'avance, il le reconnaît. Il a vieilli, mais c'est lui. Le joueur du Frascati !

– On y va, dit l'homme en poussant une porte au fond de la salle.

Mathieu hésite. Cet homme a vu la mort de près, il en porte l'odeur âcre sur lui et ce n'est pas un bon présage. Fortement perturbé il s'apprête à décliner quand l'homme se retourne et lui sourit. Son visage atroce en est transfiguré. Ce sourire ! L'inconnu est comme illuminé, ses yeux brillent. Il est beau. Touché par cette métamorphose sidérante, Mathieu hésite encore un quart de seconde, puis, fasciné, le suit.

43

Pendant ce temps, Ralph et Angèle sont arrivés chez le collectionneur. Dans le salon, le bureau, les minéraux ont tout envahi. Il y en a partout. Dans les vitrines, des petits, des gros, des ternes, des brillants. Et devant toutes ces pierres superbes, un carton indique leur nom et leur origine. Angèle n'imaginait pas qu'il puisse exister de pareils endroits sur terre ! Ralph Barrett, lui, est aux anges. Les collectionneurs du moindre « caillou », comme il dit, c'est ce qu'il préfère. Il faut dire que l'homme est hors norme, bavard et passionnant. Ancien géologue, il explique que sa famille ce sont ces pierres. La première, il l'a trouvée par hasard. Après, il s'est prêté au jeu et en a cherché dans toutes les régions du monde. Peu à peu elles l'ont envahi et aujourd'hui, il étouffe. Il vend toute sa collection.

– Pourquoi ? lui demande Ralph, qui ne comprend pas qu'on puisse abandonner une telle part de ce qui a été sa vie.

Le vieux géologue soupire.

– C'est difficile de répondre… Sans doute parce que les années passent. Désormais je vais à l'essentiel.

– Les pierres ne le sont plus ?

– Elles le sont moins… Aujourd'hui, j'ai juste envie de m'asseoir sur un banc pour profiter de la lumière du jour, de la chaleur du soleil ou de la pluie. Avant de finir où vous savez…

Angèle cherche les tableaux de famille à encadrement doré, les beaux meubles d'acajou et les lustres de cristal dont recèlent, dit-on, toutes les grandes maisons bourgeoises. Comme chez Gruet. Ici, rien de tout cela. Ce lieu est entièrement consacré aux minéraux et elle a le sentiment qu'elle n'en reverra pas un pareil de sitôt. D'une vitrine à l'autre, le vieil homme sort ses plus belles pièces. Ralph admire leur qualité et en choisit trois. Angèle est bouche bée, il n'a pas hésité alors qu'il y en a tant… Le collectionneur acquiesce, tout sourire. Il s'enflamme, veut raconter leur histoire, mais Ralph s'excuse. Ils sont pressés, ils ont un rendez-vous. Mais il promet de revenir.

– Quel dommage qu'on n'ait pas eu plus de temps, regrette-t-il alors qu'ils marchent dans les ruelles.

– Pourquoi ?

– Parce que ces passionnés sont des êtres à part, des êtres rares. Ils peuvent parler des heures de leurs pierres comme s'ils entendaient leurs voix, comme s'ils connaissaient le moindre détail de leur création. Ils s'émerveillent, s'interrogent, cherchent à les comprendre.

– Comprendre les pierres ? demande Angèle, incrédule.

– Oui, et même à leur parler ! Ils affirment qu'elles ont un langage. Ma mère le pense. Et moi… je ne suis pas loin d'y croire aussi.

Il laisse passer quelques secondes avant d'ajouter :

– L'homme a toujours besoin de chercher plus loin que ce qu'il a et que ce qu'il comprend déjà. Il en veut toujours plus. Il veut des mystères, ailleurs, d'autres mondes…

Angèle le regarde, les yeux ronds.

– Vous ne vous en étiez pas rendu compte ? demande-t-il en éclatant de rire.

Ralph Barrett a gardé quelque chose de son âme d'enfant. Les anciennes croyances l'enchantent davantage que les théories scientifiques. Avec ferveur, il raconte l'histoire des pierres imagées qu'il a découverte à Venise au cours d'un voyage d'études. Dans une composition à livre ouvert d'un bloc de Grand Antique. D'étranges figures s'y dessinaient, noires et blanches, abstraites, célestes. Angèle n'a pas la moindre idée de ce qu'est une composition à livre ouvert, mais elle ne l'interrompt pas. Elle l'écoute avec ravissement lui en faire le récit dans les moindres détails.

Dans l'Antiquité, de l'Occident chrétien jusqu'à l'Extrême-Orient, les collectionneurs se disputaient la possession des figures du marbre. En assistant en 1222 au sciage d'une plaque à livre ouvert, Albert le Grand disait y voir le visage d'un roi couronné pourvu d'une longue barbe. Les naturalistes en déduisirent qu'un nouveau roi viendrait, et qu'il serait de nature divine. Qu'en savaient-ils en réalité ? Rien. Mais ils se déchiraient dans l'interprétation de ces dessins et aujourd'hui encore, certains pensent que c'est Dieu lui-même qui envoie son image aux hommes dans le marbre.

– C'est pour ça qu'on dit d'une vérité qu'elle est « gravée dans le marbre ».

Angèle sourit, émerveillée de comprendre. Ralph poursuit son récit avec un étonnant scientifique de la Renaissance italienne, Ulisse Aldrovandi, qui accumulait des marbres étranges dans son *musæum metallicum*. Lézards de Ravenne, dragons, chiens, oiseaux, monstres et autres scombriformes, les taches de ses marbres étaient livrées à l'infini de son imaginaire. On leur accorda une valeur mystique, et certains prétendirent y découvrir qui un religieux en habit de franciscain, qui une Vierge à l'Enfant de Constantinople ou de Bethléem. Aucun ne discernait la même chose, mais tous étaient unanimes sur un point : ces figures étaient l'art du Créateur.

Angèle ne perd pas un mot du récit de Ralph Barrett. La passion qu'elle voit sur son visage, cette ferveur quand il raconte lui rappellent l'exaltation de son propre père quand il parlait aux jumeaux.

– Un de mes professeurs, poursuit Ralph, prétendait même que celui qui tient dans sa main un fragment de pierre porteur d'un dessin d'arbre peut toucher l'esprit des dieux ! C'est une citation du Lapidaire orphique. Qu'en pensez-vous, Angèle ?

Il l'observe, sourire en coin. Elle se demande s'il se moque d'elle ou s'il est sérieux.

– C'est quoi un lapidaire orphique ?

– Un texte grec du IIe siècle qui rassemble tout ce qu'on savait alors sur les vertus magiques et médicinales des pierres.

Il baisse la voix.

– Des vertus nombreuses et surprenantes. Mais ne le répétez pas, Angèle. C'est un secret.

Il guette sa stupeur.

– Ah, nous y voilà ! 35, calle del Coso !

Il pousse la porte et Angèle le suit, troublée, tout en tâtant discrètement son petit sac pour vérifier que l'argent de Josette est toujours là.

44

Les nouvelles sont excellentes. Mathieu a gagné, et soldé sa dette. Dans la rue, euphorique, Mathieu raconte à Ralph les moindres détails de la partie. Angèle est soulagée de la tournure des événements. Ils peuvent rentrer. Elle va pouvoir rendre l'argent à Josette, et tout va rentrer dans l'ordre. Ces histoires de pierres l'ont quelque peu déstabilisée, elle a hâte de revenir au réel avec des gens normaux. Ils marchent dans le vieux quartier. Les rues sont calmes, la ville est sous surveillance militaire. Au grand regret d'Angèle, Mathieu et Ralph décident d'aller prendre un dernier verre dans un bar. À peine ont-ils poussé la porte qu'une odeur âcre de fumée et d'alcool l'arrête net. Le souvenir de son agresseur au Frascati la percute de plein fouet. Elle en a le souffle coupé. Mais les deux hommes en pleine conversation ne se rendent compte de rien. Angèle se concentre sur les battements affolés de son cœur. Mathieu boit plus qu'il ne faudrait et avoue à Ralph avoir beaucoup misé. Comme s'il avait voulu perdre.

– Pourquoi ? demande son ami.

– Honnêtement… Je n'en sais rien… Peut-être parce que je ne suis pas sûr de pouvoir passer toute ma vie à la marbrerie. Je vais faire ce qu'il faut mais un jour, je partirai. C'est en moi, je le sens. Je ne suis pas comme mon père qui a passé toute sa vie au même endroit. J'ai besoin de bouger, de changer. Josette dit que j'ai toujours un pied en l'air.

Ralph éclate de rire. Angèle suit maintenant leur conversation avec inquiétude. Ils boivent et semblent partis pour y passer la nuit.

– Toi ? Mais tu plaisantes ! dit Ralph. Jamais tu ne partiras. Réfléchis ! Tu as une terre. On sait d'où tu viens, qui est ta famille. Si tu frappes à une porte, on te saluera de ton nom et on t'ouvrira la porte. On t'invitera à entrer.

– Oui, et alors ?…

– Moi, si je faisais ça, on me laisserait sur le seuil et on me regarderait avec méfiance. Puis on refermerait la porte. Partout je resterai un étranger. J'ai trop voyagé et depuis toujours pour être de quelque part. Pour les affaires, ma famille m'a trimballé en Amérique, en Inde, en Europe. Je parle plusieurs langues, et avec leur réussite j'ai de quoi vivre jusqu'à la fin de mes jours. Mais la terre de mes ancêtres, je ne la connais pas. Personne ne m'a vu y aller à l'école, au collège, au lycée. Je n'ai pas d'amis d'enfance et personne ne sait qui je suis parce que je suis de partout. Et partout, c'est trop grand.

Angèle l'écoute et pense à ses amis François et Élise, à son village, à la carrière. Aux gens et aux lieux de son enfance. Le vin libère Ralph qui poursuit ses confidences.

– À la soirée, quand tu as chanté l'hymne gallois, je ne

l'avais pas entendu depuis des années… J'étais au bord des larmes. Plus seul que jamais. Toi, tu étais avec les tiens. Tu as voulu me faire plaisir, je le sais, mais en le faisant, tu me confrontais encore une fois à cette évidence douloureuse : je n'ai pas de pays.

Les mots de Ralph dégrisent Mathieu. Ralph, lui, boit verre sur verre, tient à peine debout et se tourne vers Angèle.

– Vous voyez, Angèle, c'est ce que je vous disais tout à l'heure à propos des hommes, de ce qu'ils ont sous leur nez, qui est leur trésor mais qu'ils ne voient pas.

– Tu as trop bu, arrête de parler, lance Mathieu agacé.

– Après quoi cours-tu avec tes parties de poker, Mathieu ? L'argent ? L'argent ça reste dans les banques, et dans le cœur c'est froid. J'en sais quelque chose, crois-moi. Reste à ta marbrerie, fais-la prospérer et épouse une fille de chez toi. Fonde une famille. Toutes ne sont pas pourries. On peut réussir une famille.

Il ravale un sanglot. Stupéfait de ce discours plus qu'inhabituel, Mathieu se tourne vers Angèle.

– Il est temps de rentrer. Aidez-moi, prenez les minéraux. Moi, je m'occupe de Ralph.

Parvenus près du pont de pierre où ils ont garé la voiture, Mathieu aide son ami à s'allonger sur un banc.

– On va attendre qu'il se remette avant de reprendre la route. L'air frais va lui faire du bien.

Angèle acquiesce et va s'allonger sur un autre banc. Elle se demande comment Ralph a pu se mettre dans un tel état.

Sa souffrance la bouleverse, mais elle ne la comprend pas. Comment peut-on être sans pays, sans racines ? On vient tous de quelque part, on a tous une terre sur laquelle on est né. Lui est anglais, donc l'Angleterre est son pays. Elle jette un coup d'œil à Mathieu.

Allongé sur le banc de pierre il attend, les yeux grands ouverts. Les aveux de Ralph l'ont retourné. Jamais il n'avait imaginé que son ami, qu'il avait dans son adolescence envié pour sa richesse, son aisance, sa culture et son détachement soit tourmenté à ce point par le seul fait d'être un déraciné. Pas une seule fois Ralph n'y a fait allusion. Au contraire, il racontait les pays, les différentes maisons qu'il habitait, les amis nouveaux et les sports qu'il pratiquait selon l'endroit où il se trouvait. Il connaissait tant de choses. Mathieu se sentait tout petit, étriqué dans son coin de montagne alors que le monde est si grand. Ralph lui avait donné l'envie de partir voir ce qui se passait ailleurs. Il paraissait libre, et ce sentiment de légèreté, de non-appartenance, Mathieu voulait le connaître. Or voilà que Ralph rêve d'enracinement et lui conseille d'épouser une fille du pays. Quelle idée, se dit-il, qu'est-ce qui lui est passé par la tête ?

45

Au pied de la cathédrale un paysan guide son troupeau de vaches vers le fleuve pour les faire boire avant l'aube. Son chien court sur les berges et fait jaillir des gerbes d'eau. La scène est paisible, pleine de charme. La ville dort encore et Angèle voudrait rentrer et dormir à son tour. Cette nuit blanche l'a épuisée. Sans savoir quoi exactement, alors qu'elle avait décidé d'oublier Mathieu, elle espérait quelque chose de ce voyage comme on espère un miracle dont on sait pourtant qu'il n'aura pas lieu. Mathieu ne lui a pas accordé un seul regard. C'était déjà le cas avant, mais depuis le Frascati, elle sent son mépris. Sauf nécessaire, il ne lui a pas adressé la parole. Il ne voulait pas qu'elle vienne avec eux. Elle l'a entendu argumenter auprès de Josette derrière la porte du bureau.

« Pourquoi tu me l'imposes ? À quoi elle va servir ? à rien !

– À prendre des notes. Ton père y tient.

– Des notes ! Quelles notes ?

– Mathieu, arrête de tout discuter…

– Mais elle n'y connaît rien en minéraux. Elle est inutile…

– Ça suffit ! Je fais tout pour te sortir d'affaire ! Elle ira avec vous, point final ! »

La suite, Angèle ne l'a pas entendue, mais l'échange l'a glacée. Elle se redresse et l'observe, allongé sur son banc. Comment peut-il la mépriser alors qu'il ne sait rien d'elle ni de ce qui lui est arrivé ! Sa faute a été de mettre cette robe rouge, et d'aller au Frascati. Mais elle n'a ni cherché ni voulu cet inconnu qui a tenté de la forcer, alors que lui est prêt à mettre toute la marbrerie en danger pour ses histoires de jeu d'argent. À cause de lui son propre père Joseph a perdu la carrière du Grand Antique et des familles entières auraient pu perdre leur travail. Angèle s'enflamme. La colère la submerge. Elle réalise le mépris de Mathieu pour les filles comme Jeanine, Élise, elle-même, et elle se met à haïr son élégance, son aisance de riche, sa voiture devant laquelle elle le revoit faire le joli cœur avec Sophie Gruet. Angèle mesure l'arrogance qu'elle n'avait pas voulu voir chez lui jusqu'alors.

Sur le bord du fleuve le troupeau de vaches boit avidement. Le chien joue. Il est si gai, elle voudrait être insouciante comme le petit animal. Soudain, celui-ci glisse sur le bord boueux et se retrouve pris dans le lit du fleuve. Les eaux l'emportent. Occupé à ses vaches, le paysan ne voit rien. Sans hésiter Angèle court. Mathieu se redresse et, le temps de comprendre ce qui se passe, elle est déjà entrée dans le fleuve. Il la voit lutter contre le courant, attraper l'animal miraculeusement coincé contre la branche d'un arbre mort, regagner la rive à grand mal et rendre le petit chien au paysan stupéfait. Tout s'est passé très vite. Quand elle remonte sur le pont elle a perdu une chaussure, sa jolie robe n'est plus qu'un tas informe collé à son corps et ses cheveux pendent, dégoulinants. Les eaux étaient glacées, elle tremble. Mathieu enlève précipitamment sa veste et la pose sur ses épaules. Son geste est dérisoire, mais c'est tout ce qu'il a. Il faudrait la frictionner, mais comment faire ? Elle refuse d'aller se changer, de toute manière elle n'a rien à mettre. Son visage a pris soudain une étrange couleur bleuâtre. S'il ne fait rien, Mathieu craint le pire. Il enlève sa chemise et sans lui laisser le temps de refuser, lui frictionne vigoureusement la tête.

– Qu'est-ce qui se passe ?

Entretemps Ralph s'est réveillé.

– Enlève ta chemise. Viens m'aider. Vite, il faut la déshabiller, la frictionner avec et lui passer ma veste. Vite ! Vite !

Angèle est à peine consciente quand, aidé de Ralph, Mathieu lui enlève sa robe, la frictionne sur tout le corps, lui met sa veste, la soulève à bout de bras.

– N'ayez pas peur, Angèle, ça va aller, ça va aller. Vous allez vous remettre, on rentre.

Sa voix est inquiète, il parle avec douceur, son visage est tout près du sien. Elle sent sa chaleur, son odeur. Elle sanglote ne sachant si elle pleure pour le petit chien sauvé ou pour l'émotion de se retrouver dans ses bras, tout contre lui. C'est tellement improbable, elle ne comprend pas comment tout s'est fait. L'eau était glacée et l'a comme anesthésiée. Mathieu l'installe délicatement dans la voiture, enroule ses jambes dans la veste de Ralph, pose le plaid de la voiture sur elle, essuie ses larmes avec la main d'un geste très doux, lui dit de ne plus avoir peur, qu'il est là. Et sans que rien le laisse prévoir, ému, il dépose délicatement un baiser sur sa tempe.

La voiture file maintenant à toute allure sur les routes d'Espagne, traverse l'Aragon. Mathieu conduit vite, à ses côtés Ralph somnole. Allongée sur la banquette arrière, le bras replié contre son corps, Angèle se blottit dans la veste de Mathieu et respire son odeur, tout en se demandant si ce qui vient de se passer s'est vraiment passé.

46

À Bagnères le médecin dit qu'Angèle est passée tout près de l'hypothermie. Elle a une très forte fière mais il n'est pas inquiet, elle va se remettre.

– Heureusement que les garçons l'ont frictionnée et changée, dit-il à Louise. Sinon c'est simple, elle ne serait plus là.

Louise n'a pas voulu qu'on avertisse Joseph. À quoi bon ? Il se ferait du souci pour rien, leur fille a passé le plus dur. Elle sera sur pied dans quelques jours. À la marbrerie par contre, Josette est sens dessus dessous. Elle culpabilise d'avoir envoyé Angèle, et Germain a beau jeu de lui répéter en long et en large qu'il ne voulait pas de cette sortie. Et il ne comprend pas davantage l'inconscience d'Angèle qui a sauté dans les eaux glacées juste pour sauver un chien.

– Ce n'est pas de l'inconscience, rétorque Mathieu. Au contraire. C'est un réflexe humain.

– Qu'est-ce que tu racontes ! Elle aurait pu y passer et je ne me verrais pas annoncer à Joseph que sa fille est morte parce que mon fils n'a pas su l'empêcher de sauver un chien.

– Elle est vivante, son geste était courageux.

En entendant Mathieu, Josette sent qu'il a été touché par le geste d'Angèle comme il l'est rarement. Il a toujours aimé les animaux et Germain n'a jamais voulu qu'il ait un chien. Quand il était gamin, Mathieu jouait avec celui du voisin, il faisait des cabrioles dans l'herbe et allait avec lui à la pêche au goujon. Un jour, au retour du lycée, le chien n'était plus là. Le voisin disait qu'il était vieux et s'était sans doute caché pour mourir. Mathieu l'a cherché toute la journée et toute la nuit. On a eu beau lui dire que ça ne servait à rien, le petit garçon s'est obstiné. Au matin il l'a retrouvé dans une haie. Mais quand il a voulu l'enterrer, Germain a refusé. « On n'enterre pas les animaux ! Ils vivent dehors et meurent dehors ! » Il a obligé Mathieu à remettre le petit cadavre dans la haie, et lui a reproché de ne pas avoir laissé la nature faire son travail. Mathieu a obéi, mais durant la nuit, il est allé récupérer le vieux chien et l'a enterré au pied du chêne. Juste devant leur maison. Germain ne l'a jamais su. En sauvant ce chien des eaux du fleuve, se dit Josette, Angèle a touché Mathieu. J'ai bien fait de l'envoyer avec lui à Saragosse, c'est une fille bien. Maintenant, il le sait autant que moi et il arrêtera de me dire au moindre prétexte qu'il faut s'en débarrasser.

47

L'automne arrive et les feuilles des tilleuls commencent à pâlir. Sur l'allée les promeneurs sont plus rares. Angèle n'a pas repris le travail. Depuis sa plongée dans le fleuve, elle respire difficilement et souffre de crises d'angoisse inexpliquées. Josette lui a demandé de rester chez elle, le temps de bien se rétablir. Mais Angèle n'arrive plus à trouver le sommeil. Mathieu est revenu en force dans ses pensées alors qu'elle s'était mise à le haïr et était au bord de s'en délivrer. Elle sent en permanence ses bras autour de son corps, son souffle contre son oreille, et quelque chose se noue au creux de son ventre qui l'empêche de respirer. Elle n'a pas faim alors qu'elle devrait manger pour retrouver des forces. Tout lui échappe. Quand elle a laissé sa tête reposer contre sa poitrine, tout a basculé. « Ça va aller, Angèle, ça va aller… » Ces mots doux qu'il répétait la submergent telle une vague de tendresse. Depuis qu'il l'a laissée chez le médecin elle ne l'a pas revu et ne cesse de s'interroger.

Tout en haut de l'allée, se dresse l'église Saint-Vincent. À peine rétablie, Angèle décide d'y entrer pour la première fois. La lourde porte passée, elle est surprise par le foisonnement de décors, de tableaux, de sculptures et de vitraux. Devant l'autel une femme fait des bouquets, et deux autres prient, capulet sur la tête. Sur le velours des chaises de famille elles semblent agenouillées pour l'éternité. Leurs chuchotements apaisent Angèle qui a toujours aimé l'atmosphère des églises, l'odeur de l'encens et le murmure des fidèles. Un lieu particulier régi par des règles tacites. Un silence, un calme plus intenses qu'ailleurs. Vainqueur des flots, vainqueur des flammes, le saint Vincent qui donne son nom à l'église de Bagnères s'inscrit dans l'interminable cortège des martyrs de Saragosse. Il a une meule de pierre attachée au cou. Des mécréants ont voulu sa mort, mais Dieu l'a sauvé des eaux. Angèle sourit en pensant au petit chien et lit la courte présentation sous le tableau. Enfant, elle ne cherchait pas à connaître l'histoire des vitraux, des tableaux ou des sculptures, elle se racontait les siennes. Pour elle, dans une église, rien n'était vrai, rien n'était réel, mais tout était sacré. De l'ordre de l'enchantement.

Une vieille femme tout de noir vêtue, courbée, glisse sur les dalles de pierre et se signe avant de sortir. Le bénitier où elle trempe le bout de ses doigts maigres est monumental, taillé dans un bloc de marbre de Campan vert. Elle connaît la carrière d'où il vient, dite de l'Espiadet, sur le plateau de Payolle dans la haute vallée de l'Adour. Tout le monde au pays la connaît, c'est la plus accessible. Au détour de la route, on découvre le front de taille d'une hauteur impressionnante. Les touristes s'arrêtent, saisis par le spectacle des hommes arc-boutés à la roche, des blocs qu'ils arrachent et soulèvent, de ces bœufs et de ces charrues qui tirent et emportent des masses titanesques de marbre. Joseph dit que les carriers sont heureux de voir les touristes venir les admirer et les applaudir depuis la route. Mais d'années en années, ils sont de plus en plus nombreux, de plus en plus hardis, et le maire ne sait plus gérer cet afflux. Récemment, un touriste a eu le pied écrasé par une charrue. Joseph dit qu'un jour il y aura un mort, qu'il faut mettre des barrières. Mais rien ne bouge. Depuis des siècles, du vert, du rose et vert, un grand mélange, un rubané et un griotte, les marbres de Campan fascinent. Ils sont une fierté nationale. Dans cette église, Angèle en voit partout. Les autels, les chapelles, les fonts baptismaux et jusqu'aux panneaux de l'imposante chaire qui domine la nef, tout en est recouvert. « Un jour, on ira à Versailles », répétait Joseph à ses fils. Angèle caresse de la main les bords du grand bénitier. Les jumeaux auraient pu voir les marbres ici, ce n'était pas la peine d'attendre Versailles. Un bruit interrompt ses pensées. La dame qui fait les bouquets a terminé son travail, elle repart avec son seau et les fleurs fanées. Il ne reste plus qu'une vieille en prière sous son capulet noir. Angèle se remémore celles du village qui se regroupaient sur le parvis de l'église à la sortie de la messe. Petites silhouettes, fantômes noirs aujourd'hui disparus. Comme tant de choses…

Angèle revoit Joseph au coin du feu, ses frères engloutissant les châtaignes, et leur mère servant des bols de soupe. Son paradis d'enfance lui revient dans un flot de sensations. Dans la frénésie de la ville, il s'est effacé sans qu'elle en ait conscience. Les foules joyeuses sur l'allée des Coustous, les robes des boutiques, l'appartement, le Café des sports,

Angèle a été grisée par une succession de nouveautés qui l'ont emportée d'un jour à l'autre vers un monde nouveau. À Bagnères où l'activité économique est à son apogée, les filles de paysans veulent des maisons confortables et marcher en talons dans des rues propres. Elles ne veulent plus des sabots et de la boue des chemins. Aujourd'hui Angèle appartient à ce monde citadin, où on se bouscule, où les gens viennent de toutes les provinces, ne parlent pas la même langue et se mélangent. Dans les bureaux, les cafés, les hommes sont chaussés de cuir, bien vêtus et rasés de près. Son père et les jumeaux étaient différents, couverts de poussière, la boue collée à leurs godillots. Sur les hauteurs écrasantes, ensemble ils faisaient front. Angèle a des larmes. Ils venaient d'un monde très ancien et ils lui manquent terriblement. À travers les vitraux, la lumière du jour tombe sur les dalles de pierre usées et les éclabousse de couleurs. Angèle caresse le marbre du bénitier. Il est chaud. Comme si les milliards de particules qui l'ont constitué dans la fusion remontaient du néant.

À son contact rassurant, Angèle sent la paix l'envahir. Elle aime le silence des églises et le marbre si doux venu de la nuit des temps.

48

Depuis Saragosse, Mathieu n'arrive plus à se concentrer. Angèle revient en boucle dans ses pensées. Il sait par Josette qu'elle se remet doucement. Son bureau vide l'obsède. Il s'y est assis, a ouvert tous les tiroirs à la recherche d'un indice quelconque, mais rien ne lui permet de savoir qui elle est vraiment. Il n'arrive pas à faire le lien entre la séductrice en robe rouge aperçue au Frascati et celle qui n'a jamais eu la moindre attitude équivoque.

Quand il l'a vue se jeter dans la force du courant pour sauver le chien au risque d'être emportée, il a eu peur pour elle. Et cette vibration est encore là. Lui aussi, il y a bien longtemps, a sauvé un animal que les eaux de l'Adour emportaient. Ses propriétaires âgés hurlaient sur la berge, impuissants. Sans hésiter il est entré dans le fleuve et a saisi l'animal au passage. Le chien s'est agrippé à lui de toutes ses forces. Il l'a serré contre lui et, pour l'apaiser, a trouvé des mots pleins d'amour qu'il n'avait jamais prononcés avant. Le chien avait blotti sa tête contre son cou et s'était mis à pousser de petits gémissements. Mathieu s'est fait violence pour le rendre à ses propriétaires. Après, il en a ressenti un grand vide. Aucune des femmes qu'il a connues ne s'est abandonnée avec lui comme l'a fait cet animal, simplement et tendrement. Mathieu Arras a toujours eu du mal à croire qu'on pouvait l'aimer.

– Qu'est-ce que tu fais au bureau d'Angèle ?

Josette vient lui porter le journal et faire le point. Il la croyait absente et ne l'a pas entendue arriver.

– Je vérifie qu'elle n'a rien mis de côté pour moi à signer.

Josette lui jette un drôle de regard.

– Je dois te parler…

– Si c'est au sujet du Frascati, pas la peine. Je n'y remettrai plus les pieds.

– Ni ailleurs.

– Je te le promets.

Culpabiliser n'est pas dans sa nature, mais la situation aurait pu mal tourner, et Mathieu en a conscience. Grâce à la rigueur de Josette, aux initiatives de Marcel et au travail des hommes là-haut, la carrière n'a pas souffert de son absence. Il n'y a pas encore suffisamment de marbre pour honorer la commande, mais il peut déjà effectuer une première livraison.

À la une du journal que lui tend Josette s'étale la photo de John Rockefeller. Il est à Paris. Les clients américains ne vont pas tarder à venir à Bagnères. Pour l'instant, ils visitent le château de Versailles avec le richissime mécène qui a fait un don de 60 millions à la France sur ses deniers personnels ! Bluffé par la somme, Mathieu lit l'article. L'histoire est aussi simple que miraculeuse. En vacances en France, John Rockefeller visite le prestigieux palais avec femme et enfants, et découvre, consterné, son état de délabrement. Depuis Louis-Philippe, rien n'a été réparé. Les années de guerre ont porté un coup fatal au château et à son parc. Les façades se fissurent, les toits sont de véritables passoires, les parquets s'affaissent, les statues et le char d'Apollon se craquellent. Tout est à l'avenant. Henry Lapauze, le conservateur, avait tenté de sonner l'alerte en écrivant dans la revue *La Renaissance de l'art français* : « Si on veut redonner à Versailles sa véritable physionomie, son élégance française, si on veut lui enlever l'aspect catastrophique et cyclonesque que les années lui ont infligé et aussi la négligence des hommes… Il faut de l'argent ! » Dès qu'il apprend l'émotion de John Rockefeller, Henry Lapauze organise une soirée exceptionnelle, avec souper et bal dans la galerie des Glaces, y convie le richissime Américain ainsi que le Tout-Paris. Ébloui par le faste d'une galerie exceptionnelle, désireux de protéger ce château qu'il considère comme patrimoine mondial, l'Américain annonce *in situ* un premier don de 20 millions ! Mathieu lit dans l'article que, revenu voir où en était l'avancement des travaux, John Rockefeller vient d'annoncer un second don. 40 millions ! Ce grand philanthrope, écrit le journaliste, devient le sauveur du patrimoine français.

Pour Mathieu, pour l'artisanat français et pour les marbres d'Occitanie, c'est une nouvelle inespérée. Ces dons signifient que des travaux d'intérieur vont être entrepris à Versailles. Or, embrasure, seuils de porte et de fenêtre, sols, placages muraux : les marbres sont partout dans le château. Jusque sur les colonnes, fontaines et sculptures des jardins ! Nombre d'entre eux doivent être restaurés, d'autres entièrement changés. Mathieu a repris la carrière au bon moment. Il est en pleine euphorie et déjà en train de réfléchir à la suite quand Josette revient en compagnie d'un jeune homme.

– Mathieu, je te présente Antoine Gruet.

Le fils de Sophie ! Je l'avais complètement oublié, celui-là, se dit Mathieu en retenant discrètement un soupir d'exaspération.

– Bonjour Antoine, dit-il en lui tendant la main.

Le garçon a la poignée molle et tout en lui respire la maladresse. À commencer par son grand corps dont il ne sait visiblement que faire.

– Tu as une massette ?

– Comment ?

– Une massette.

– Il n'en a pas besoin, tranche Josette. Ton père a demandé qu'il commence par observer.

Mathieu imagine ce grand échalas au milieu des hommes dans le fracas de la carrière, en train d'observer. Il va se faire massacrer, pense-t-il. Décidé à reporter l'affaire comme promis à Sophie, il cherche une issue. Mais Josette a tout verrouillé.

– Antoine sera là dès cinq heures demain matin. Je lui ai expliqué qu'il faut plusieurs heures de marche pour atteindre la carrière. Il a compris et ne sera pas en retard.

Et en se tournant vers le jeune homme :

– N'est-ce pas, Antoine ?

Antoine approuve avec un hochement de tête si peu convaincant que Mathieu est rassuré.

– S'il arrive seulement à se lever, grommelle-t-il intérieurement.

Le lendemain, Antoine n'est pas au rendez-vous. Mathieu l'imagine dormant à poings fermés, et sa mère veillant à ce que personne n'aille le secouer. Sourire en coin, il attend et met le moteur en route pile à l'heure dite. Avant de monter à la carrière, il doit passer voir François qui part à Bordeaux pour intercepter du marbre volé. Ce serait du très beau marbre pyrénéen. Seulement personne ici n'a signalé de vol. Ce mystère plonge Mathieu dans une perplexité telle qu'il ne voit pas dans la lueur des phares un grand échalas planté au milieu de la route. Il pousse un cri et donne un coup de frein brutal. Antoine vient d'arriver.

49

La nuit est tombée sur le port de Bordeaux. Dissimulés derrière d'énormes sacs de blé destinés à être chargés sur un cargo maltais, François et ses amis surveillent le quai. Ils attendent l'arrivée du marbre volé. Des vols de plaques importées, ça ne touche personne à part le propriétaire. Mais cette fois il s'agirait d'un marbre du pays et tous les carriers se demandent d'où les trafiquants l'ont sorti. Ils se sentent floués et veulent savoir de quoi il retourne. François a été informé par son oncle bûcheron qui travaille dans la forêt avec les radeliers. Les blocs arriveront dans la nuit au milieu de caisses de vin en transit vers l'autre bout du monde.

Le trafic de marbre sur la Garonne existe depuis longtemps. Du temps de Louis XIV, la fraude était organisée par le marbrier du roi en personne ! Louis Trouard. Pour sortir le marbre des magasins royaux dont il avait la charge, cet homme n'avait pas besoin, contrairement aux autres, de bons spéciaux. L'astuce pour lui consistait à dissimuler une plaque de marbre hors de prix entre deux plaques de pierre ordinaire scellées avec du plâtre. Le portier n'y voyait que du feu.

Cette astuce fit sa fortune mais ce genre de vol n'est pas à la portée du premier venu. On ne fait pas voyager du marbre comme des sacs de blé ! Le transport fluvial s'effectue de nuit sur des radeaux et des barges. Il est titanesque et d'une complexité sans égal. Les manipulations doivent être effectuées à plusieurs, et les ruptures de charges sont courantes. Une fois que les tonnes de marbre sont sorties des marbreries, tirées sur des traîneaux jusqu'à la rivière la plus proche, après divers déchargements et chargements de radeaux, puis changement de rivière pour rejoindre la Garonne, les trafiquants laissent le courant du grand fleuve les porter. Dans les temps anciens, toutes les voies navigables étaient parfaitement entretenues pour évacuer les bois de mature et de charpente destinés à la marine royale. Mais aujourd'hui ce n'est plus le cas, et les mauvaises surprises sont redoutables. Il faut donc recruter d'excellents radeliers capables de contourner les obstacles et d'accomplir l'ensemble des manœuvres.

À Bordeaux, une poignée de dockers connus pour s'adonner à toutes sortes de détournements doivent décharger le marbre dans un entrepôt qui borde le quai. Un sifflement retentit. Le guetteur, placé en amont du fleuve, avertit que le radeau se rapproche. Cachés, François et les carriers retiennent leur souffle et observent la manœuvre, admiratifs. Le radeau glisse doucement entre les navires marchands au risque de se faire percuter si l'un d'eux, malmené par la marée, bougeait un peu trop. Avec une précision redoutable et une facilité déconcertante, les radeliers se placent entre deux navires. À pareille habileté on comprend que ce n'est pas la première fois qu'ils effectuent la manœuvre. À peine ont-ils accosté que les dockers surgissent de l'entrepôt et glissent de gros cordages dans des anneaux prévus à cet effet sur toute la longueur du radeau. Ils n'ont pas le temps d'aller plus loin. Une sirène se déclenche et les quais se retrouvent brutalement éclairés comme en plein jour.

Avertie par un docker évincé du trafic, la police du port a mis ses hommes sur le coup. Dans l'affolement général, seuls les radeliers gardent leur sang-froid. François et les carriers les voient dégager le radeau jusqu'au milieu du fleuve, couper les amarres, puis se jeter à l'eau et regagner l'autre rive à la nage avant de s'évanouir dans la nuit. François, horrifié, voit alors le radeau se disjoindre, et les blocs de marbre s'enfoncer dans l'eau noire.

Ils ont coulé le marbre. Le pire qui pouvait arriver. Au fond du port reposent déjà des tonnes de marbre abandonnées depuis des siècles. Une épaisse couche de vase les a ensevelis et encombre le port de Bordeaux depuis des centaines d'années. Il n'existe aucun engin capable d'aller fouiller cette vase et de les remonter. C'est un chaos. Les carriers sont abattus.

À peine rentré à Bagnères, François se précipite auprès d'Angèle. Quelque chose le travaille.

– Tu te souviens des blocs des jumeaux qui ont disparu à la carrière de ton père et que personne n'a jamais revus ?

– Bien sûr que je m'en souviens ! J'étais là-haut le jour où ils ont arraché le dernier. Pourquoi ?

– J'ai toujours pensé que c'est ton père qui les avait cachés, avec l'aide du mien.

Angèle le regarde, étonnée.

– À deux, des tonnes pareilles, quelle drôle d'idée ! Comment ils auraient fait ? Le maire en a fait toute une histoire, et papa n'a jamais su où ils étaient passés…

François secoue la tête et s'assied face à elle. Il se mord les lèvres. Elle sent qu'il veut lui parler, mais il hésite, ne sait comment présenter les choses.

– Les blocs des jumeaux, je les ai vus. Je sais où ils sont.

Angèle le regarde comme s'il venait de dire une énormité. Personne n'a jamais pu retrouver les blocs, ni son père ni le maire.

– Tu les as vus où ?

– Sur un radeau. Des trafiquants les ont fait couler dans le port de Bordeaux. Maintenant ils sont au fond, dans la vase.

– À… Bordeaux ?

Angèle ne comprend pas. Comment des blocs disparus dans la montagne peuvent-ils se retrouver à Bordeaux ? Mais François est sûr de lui.

– Des blocs pareils, on ne peut pas se tromper.

Angèle vacille, et François regrette aussitôt d'avoir parlé de la vase, du naufrage. Mais il revoit les grandes déchirures blanches et noires du Grand Antique qu'il a eu le temps de reconnaître. Lui aussi ça lui a mis un coup quand les blocs ont disparu dans les eaux noires.

– J'ai tout de suite compris, lâche-t-il dans un souffle, que c'étaient les marbres perdus.

Livide, Angèle ne dit rien. Les blocs des jumeaux, dans la vase, comme de vulgaires déchets… Cette découverte est violente. François la secoue, mais elle ne réagit plus. Son regard est comme tourné à l'intérieur d'elle-même. Paniqué, il court chercher Élise. C'est la seule à pouvoir l'aider. Quand il lui explique la situation, elle le suit aussitôt, oubliant leur dispute.

– Surtout ne dis rien, murmure-t-il. Personne ne doit savoir. Ce sera terrible pour Joseph et Louise quand ils apprendront la vérité. Pour eux, ces marbres, c'étaient les jumeaux. Et maintenant ils sont dans la vase.

– Je comprends... Rentre chez toi, je m'occupe d'Angèle.

Élise sait qu'il va rejoindre Jeanine mais, pour une fois, elle ne lui en parle pas. François la serre dans ses bras. Il retrouve sa sœur. Il s'est trompé, Jeanine a mal interprété son comportement.

– Je t'aime, tu sais, lui dit-il. Tu es ma sœur, tu le seras toujours.

Élise fond en larmes, et le serre à son tour très fort.

50

Quinze jours ont passé depuis que le jeune Antoine est monté à la carrière. Le père Gruet vient avec Sophie prendre des nouvelles de son petit-fils. Ils sont dans le bureau de Germain qui leur annonce l'incroyable nouvelle. Antoine ne veut plus descendre.

– Comment ça, il ne veut plus descendre ? gronde Louis Gruet.

Mathieu entre et confirme. Contre toute attente le gamin s'est adapté à l'univers de la carrière et les hommes l'ont adopté.

– Mais c'est impossible ! s'étrangle Sophie. Antoine a peur de tout !

– Marcel dit qu'il a ça dans le sang, insiste Mathieu. Il tape sur la roche comme s'il était né avec une massette entre les mains !

– Vous m'aviez promis qu'il ne monterait jamais là-haut ! Vous m'avez trompée !

– Comment ça, tu lui as promis ? gronde Germain en se tournant vers son fils.

– Vous m'aviez dit que vous feriez tout pour l'en empêcher, poursuit Sophie, affolée. Je suis sûre qu'il s'est passé quelque chose.

Elle est dans tous ses états et tourne en rond dans le bureau. Son père lui ordonne de se calmer.

– Ça suffit !

Contrarié, canne en main, il se tourne vers Germain et insiste en tapotant sa canne contre le sol :

– Antoine *doit* revenir.

Mathieu lui explique que depuis plusieurs jours il fait tout pour le convaincre, mais rien n'y fait. Le garçon ne veut plus descendre.

– Ne lui demandez pas son avis, forcez-le ! s'énerve le père Gruet en tapant plus fermement sur le sol avec sa canne.

– Impossible. Votre petit-fils n'a pas l'habitude d'être contrarié. Alors je fais comment pour vous le ramener ? Je l'assomme ? C'est un grand gaillard, et il a une force que vous n'imaginez pas.

– Mais bon sang, tu as des hommes là-haut ! s'emporte alors Germain. S'ils s'y mettent à deux le petit ne va pas faire un pli.

– Le « petit » ? Il fait un mètre quatre-vingt-dix ! Et ce n'est pas le plus difficile. Le problème, c'est que les hommes l'ont adopté. Il a du cœur à l'ouvrage et les étonne. Ils veulent le garder.

– Le garder ! hurle Sophie. Mais vous avez perdu la tête ! Dans moins d'une semaine il part à son école d'ingénieurs.

– Je suis désolé de vous l'apprendre, mais il ne veut plus y aller.

– Quoi ?

– Il veut devenir carrier. D'ailleurs autant vous avertir qu'il a déjà changé physiquement. Une métamorphose pareille en si peu de temps, je n'ai jamais vu ça.

– C'est impossible, impossible ! hoquète Sophie. Il ne sait rien faire de ses mains et il a peur de tout. Je ne vous crois pas. Il s'est passé quelque chose.

Elle est en larmes et le père Gruet sous le choc. Ils avaient prévu de multiples difficultés, mais jamais pareil revirement de la part d'un garçon qui hurlait au crime à la première égratignure. Mathieu résume la situation.

– Vous avez voulu à tout prix qu'il monte à la carrière, il y est. Vous vouliez qu'il travaille avec des hommes, des durs, il le fait. Laissez-le, d'ici peu il changera d'avis. L'hiver arrive.

Exaspérée et bien décidée à ramener son fils, Sophie s'empresse sans attendre de monter à la carrière avec son mari et Mathieu. Dès qu'il aperçoit ses parents, Antoine grimpe en haut du front de taille et menace de se jeter dans le vide. Ni les pleurs ni les supplications de sa mère ne le font plier. Il hurle qu'il n'ira pas à l'école des Mines, que sa vie est là.

– J'y suis, j'y reste ! crie-t-il.

Effondrée, Sophie rentre chez elle. Son mari se tourne vers Mathieu, un léger sourire au coin des lèvres. Il est impressionné. Son fils est en pleine forme et il ne l'a jamais vu aussi déterminé.

– Moi aussi, quand j'étais plus jeune, j'aimais retrouver les tailleurs aux ardoisières. Ce sont eux qui m'ont appris le métier. J'ai beaucoup aimé ces moments, cette camaraderie, soupire-t-il avec nostalgie. Ils sortaient le pain, le frottaient avec de l'ail, ajoutaient parfois du jambon ou un bout de fromage, un œuf dur. Je cassais la croûte avec eux. On allait aussi en forêt ramasser des champignons et des châtaignes qu'ils faisaient griller. Je n'ai jamais été aussi heureux. Franchement, je ne le dirais pas à ma femme, mais je comprends mon fils !

Mathieu regarde Henri Laplace rejoindre ses amis de la bourgeoisie locale au Grand Café. Il s'interroge sur ces hommes que la réussite n'a pas réussi à combler. Comme si le chemin parcouru, avec férocité parfois, pour accomplir leur ambition ne pouvait effacer le bonheur de ces heures simples à jamais disparues.

Les hommes trahissent souvent ce qu'ils ont de plus pur en eux, et pleurent sur leurs souvenirs les plus chers.

51

L'aube se lève. Un homme arrive d'Espagne par le chemin des contrebandiers. Il est parti dans la nuit. Après des heures de marche, il est en vue de Bagnères. Du haut du mont du Salut, il regarde les toits d'ardoise grise des maisons, devine la trouée claire de l'allée des Coustous, les bâtiments de la gare et, plus loin, près de l'Adour, ceux de la marbrerie Gruet. À l'opposé, le casino, et le vieil hôtel du Frascati qui se dévoile derrière les arbres du grand parc. L'homme a de solides godillots de cuir, il porte la chemise en coton et le pantalon en toile rustique des carriers. Un dernier tour d'horizon et il descend vers la ville.

Au Café des sports il se glisse entre les tables, tête baissée, béret enfoncé sur la tête. Personne ne fait attention à lui. Par l'intermédiaire de Royo, il a pris rendez-vous avec François qui se demande ce qu'un type pareil peut bien lui vouloir. L'homme s'assied, plonge son regard dans le sien et prononce une seule phrase :

– J'ai besoin de toi.

François le regarde et, en une fraction de seconde, comprend qu'il est en train de vivre le moment le plus extraordinaire de toute sa vie.

52

Les Américains sont à la carrière, la commande est honorée. Pour Mathieu, c'est un grand jour. Son père peut être satisfait. L'architecte, le commanditaire américain et le décorateur Jacques-Émile Ruhlmann ont tenu à être présents. Depuis l'Exposition des Arts décoratifs de 1925, de New York à Shanghai en passant par São Paulo, Ruhlmann séduit la clientèle la plus exigeante. Connu pour la rareté et la qualité des matériaux qu'il emploie, il a voulu voir par lui-même ces Pyrénées qui recèlent les plus belles carrières de marbre du monde. Celle du Grand Antique est à elle seule une œuvre d'art. Un contraste de brut et de raffinement qui le laisse stupéfait. Pour sa venue, les hommes ont tenu à polir un bloc. Il s'approche, émerveillé, et caresse le marbre avec délicatesse comme s'il était un être vivant. Les carriers sont fiers. Ce marbre, c'est le leur.

À la nuit tombée, quand tout ce beau monde est reparti et que la carrière a retrouvé son calme, Joseph rejoint Marcel. Tout le temps qu'ont duré les arrachages, le soir dans le plus grand secret il est descendu faire le point avec lui et les hommes. Arracher est un art qui s'apprend sur le terrain, des années durant. Du début à la fin, c'est lui qui a guidé le chantier sans que ni Mathieu ni Germain en sachent rien. Sans un mot il fait le tour une dernière fois. La carrière est propre, le marbre est magnifique. C'est du beau travail.

– Et maintenant ? demande-t-il. Qu'est-ce qu'il prévoit, l'ingénieur ?

– Il va à Versailles faire un repérage, répond Marcel. Pour avoir une idée précise des marbres qu'il faudra remplacer.

Joseph hoche la tête, méfiant. Marcel le rassure.

– Ne t'inquiète pas. Les hommes et moi, on continuera à faire comme tu nous dis. Si à un moment tu penses qu'on va trop loin dans l'exploitation, on arrêtera. On dira à Mathieu que la veine est corrompue, qu'on ne peut plus rien en sortir de bon.

– Il n'est pas idiot…

– Non, mais il n'a jamais arraché lui-même. Et si les hommes posent la massette, il devra faire avec.

Tapi dans l'ombre, quelqu'un les observe au moment où ils repartent. C'est le jeune Antoine qui se demande qui peut bien être ce carrier de haute stature qui vient à la carrière quand Mathieu n'y est pas. Dès le premier jour où il l'a vu, il a été saisi par sa force. La même que celle de la carrière. Aujourd'hui, en pensant à ses amis qui vont rejoindre l'école, il éprouve tout à la fois un immense soulagement et un pincement au cœur. C'était bon de se sentir guidé par des professeurs. À partir du moment où il a passé la tenue de carrier, il a laissé derrière lui l'héritier confortablement vêtu de costumes ajustés. Il est maintenant un travailleur parmi les autres. Ici tout est nouveau pour lui. Le vent, le soleil, le froid, la pierre, et le ciel immense au-dessus de sa tête qu'avant il n'avait jamais regardé. Le jour de son arrivée, un carrier lui a tendu un morceau de pain imbibé d'huile d'olive et de tomate. Jamais il n'avait senti aussi fort le goût de la tomate, de l'ail et des olives. Au début, pour s'asseoir au moment de manger, il enlevait la poussière de la pierre d'un revers de main, cherchait un endroit propre. Aujourd'hui, il s'assied n'importe où et croque le pain, l'ail et le jambon à pleines dents. L'huile coule sur ses mains, il a du gras partout, et s'en moque.

Il frissonne. La température est descendue d'un coup, la carrière est nue, Marcel et Joseph sont loin. Il espère avoir suffisamment de courage pour affronter l'hiver sans courir se réfugier dans la maison familiale des bords de l'Adour. Pour ça, il évite de penser à sa chambre confortable, au feu qui crépite dans la cheminée, à la douceur de sa mère et aux bons gâteaux du dimanche qui embaument l'orange et la vanille. Comme tout est agréable là-bas ! Ici, tout est nu, dur, glacial. Le front de taille se dresse, il se sent minuscule dans cet univers, misérable dans ces vêtements rugueux, avec cette poussière qui s'incruste dans tous les pores de sa peau. Ici tout est violent et difficile pour lui. Mais personne ne doit le savoir. Il veut s'endurcir. Au cours d'un dîner, il a entendu des amis dire à son père qu'il était douillet.

– Fais-en un homme, bon sang, sors-le des jupes de ta femme !

Son père a souri, gêné. Ce soir-là Antoine l'a vu souffrir. Je lui fais honte, s'est-il dit. Et il a eu mal. Aujourd'hui, il fait face pour devenir l'homme qu'on attend qu'il soit. Un héritier digne. Et pour cela, il doit apprendre à survivre au cœur de ce monde minéral, dur, menaçant et sauvage.

53

Josette se félicite de la tournure des événements. Mathieu a honoré la commande et Germain est satisfait, même s'il n'arrive pas à comprendre comment en étant si peu présent son fils a pu réussir. L'extraction est aléatoire, les mauvaises surprises nombreuses. Il faut beaucoup de métier pour guider les hommes. Marcel est là, bien sûr, mais c'est un exécutant. Germain sait qu'il faut un homme d'une autre trempe pour diriger de telles opérations, et il n'arrive pas à voir Mathieu dans ce rôle. On ne s'improvise pas meneur d'hommes… Germain ne croit pas aux miracles.

– Qui parle de miracle ? s'agace Josette. Voyez le petit Antoine ! Il les épate tous. Qui l'aurait cru capable de faire tout ce qu'il fait ? Alors, pourquoi devant l'évidence ne pas croire en Mathieu ?

– Parce que mon père ne croira jamais en moi. C'est comme ça, Josette. Je fais avec.

Personne ne l'a vu venir. Mathieu vient d'entrer dans le bureau et Germain en reste sans voix.

– Je ne viens pas me plaindre de ce manque de

reconnaissance, poursuit Mathieu. Je viens vous dire que je pars à Versailles.

– À Versailles ! s'exclame Germain. Pour quoi faire ?

– Voir l'état des marbres. De gros chantiers de rénovation sont en cours. Je dois prendre des contacts et me faire une idée de ce qu'on pourrait leur fournir. Ralph m'accompagne. Josette, prends des billets de train de nuit. Je pars au plus vite.

Après quoi il ressort du bureau comme il y est entré, laissant son père et Josette bouche bée, se demandant ce qu'il lui prend pour que ce voyage se décide aussi précipitamment.

Contrariée, Josette aperçoit par la fenêtre Jeanine quitter subrepticement la marbrerie par-derrière. Ce n'est pas la première fois qu'elle voit cette fille tourner autour de Mathieu. Il me ment, se dit-elle, blessée. C'est avec elle qu'il compte aller à Versailles, pas avec Ralph ? Elle pince les lèvres. Cette fille est un danger, il faut absolument qu'elle en éloigne Mathieu ! Subitement, elle a une idée et se précipite dans le bureau d'Angèle.

– Faites vos bagages, jeune fille, vous partez à Versailles !

– Pardon ?

Angèle la regarde avec des yeux ronds. A-t-elle bien compris ?

– Vous allez accompagner Mathieu et Ralph pour répertorier les besoins en marbre.

Ahurie, Angèle ne trouve rien d'autre à faire qu'acquiescer. Elle, qui vient juste de reprendre le travail, s'attendait à tout sauf à repartir aussi vite. Et pour Versailles en plus !

– Vous resterez deux jours sur place, lui annonce tranquillement Josette. Je m'occupe des billets de train et de l'hôtel.

– Très bien, répond Angèle, sidérée.

En sortant du bureau, elle passe voir Élise. Elle ne sait plus où elle en est. La veille, François lui apprenait que les blocs des jumeaux avaient été coulés dans le port de Bordeaux et ce voyage à Versailles qui lui tombe dessus lui rappelle que ce sont eux qui auraient dû le faire.

– C'est le destin, Angèle. Accepte-le.

– C'est comme si je volais leur voyage…

– Qu'est-ce que tu racontes ! Tu ne leur voles rien du tout ! Ton père ne se posait pas tant de questions quand il comptait emmener tes frères et te laisser derrière ! Les cadeaux, quand ils se présentent, il faut les prendre. Crois-moi. Pars !

Ce qu'Angèle ne dit pas et qu'elle s'avoue à peine, c'est que l'idée de faire un nouveau voyage avec Mathieu la perturbe au plus haut point. Elle s'en veut d'espérer encore quelque chose, mais elle ne peut s'en empêcher.

– Et le plus merveilleux, poursuit Élise en lui faisant un clin d'œil, c'est de visiter un château en compagnie de l'héritier… Je me demande ce qu'il lui a pris, à la Josette, de te mettre dans un train avec lui. Un train de nuit en plus ! Elle est devenue folle ou quoi !

Elle éclate d'un rire communicatif, et Angèle baisse la garde, heureuse d'être découverte et de cette complicité retrouvée. Comme quand elles étaient inséparables et savaient tout l'une de l'autre. Émue, elle serre Élise dans ses bras.

54

Quand Josette arrive à la gare de Tarbes accompagnée d'Angèle, Ralph et Mathieu sont déjà sur le quai.

– Angèle vous accompagne ! lance Josette de l'air le plus naturel du monde. Elle ne sera pas de trop pour recenser la marchandise à fournir.

Surpris, les deux hommes marquent un temps d'arrêt avant d'accueillir la nouvelle chaleureusement. Avec le sourire.

– J'espère, dit Mathieu plus ému qu'il ne le voudrait, que ce voyage ne vous fatiguera pas trop.

– Non, je vais très bien, ne vous inquiétez pas, répond Angèle avec une assurance qui la surprend elle-même.

– C'est immense, Versailles... On a beaucoup de choses à voir...

– Vous pouvez compter sur moi, le rassure Angèle.

Incrédule, Josette assiste à cet échange. Elle s'était préparée à devoir affronter la colère de Mathieu, elle s'attendait à mille arguments pour refuser la présence d'Angèle et faire embarquer Jeanine en douce. Mais rien de tout cela. À la place, Mathieu tout sourire prend le bagage d'Angèle, et elle les voit monter ensemble dans le train avec une pointe d'inquiétude. S'est-elle trompée en imposant la secrétaire ? N'est-elle pas en train de les précipiter dans les bras l'un de l'autre ? Angèle profiterait-elle de la situation pour séduire Mathieu ? Pire qu'une mère poule, Josette oublie aussitôt toutes ses bonnes impressions sur la secrétaire et se reproche d'avoir été aussi aveugle. Elle y mettra bon ordre à leur retour, se rassure-t-elle.

Ralph monte à son tour, le chef de gare bouscule le dernier retardataire, vérifie la fermeture des portes, et donne le coup de sifflet du départ. Le train de nuit s'ébranle lentement et Josette court justifier auprès de Germain le montant exorbitant du voyage, vu qu'elle a envoyé Angèle de sa propre initiative sans l'en informer, et qu'elle a été obligée de lui réserver une cabine privée.

55

Le train file dans la nuit. Il a pris sa vitesse de croisière. Ralph a accompagné Angèle dans sa cabine et lui a désigné celle d'à côté qu'il partage avec Mathieu.

– N'hésitez pas à nous appeler si vous avez le moindre problème. Le contrôleur passera régulièrement dans le couloir pour vérifier que tout va bien.

Elle le remercie et, à peine la porte refermée, saute de joie. Sa cabine est incroyable ! Elle a un vrai lit, avec des draps blancs, un coin toilette et une fenêtre à travers laquelle elle peut voir défiler le paysage ! Ébahie, elle touche tout, s'extasie du moindre détail. Jamais elle n'aurait imaginé profiter d'un tel luxe ! Et faire un voyage pareil ! Élise avait raison. C'est un cadeau qui ne se refuse pas et elle se félicite de l'avoir accepté.

Une fois sous les draps, elle est tellement excitée qu'elle n'arrive pas à s'endormir. L'idée de savoir Mathieu dans la cabine voisine ne l'aide pas à se calmer. Elle pense à Saragosse, à la manière dont il l'a prise dans ses bras. À sa force pour la soulever. Elle rougit en se souvenant qu'il lui a même ôté sa robe… et ses mains qui la frictionnaient avec énergie tout en ménageant sa pudeur. Ses gestes, son odeur quand il lui a passé sa veste de costume, elle la sent encore sur elle aujourd'hui. Et lui, en a-t-il été troublé ? Quand il a pris sa valise sur le quai, était-ce par simple galanterie ? Elle repense au baiser sur sa tempe, d'où venait-il ? De quelle gentillesse, de quel élan ? De sentiments ? Elle n'ose y croire. Tout à l'heure sur le quai, il l'a saluée avec politesse mais rien de plus.

Un claquement de porte la fait sursauter. Est-ce Mathieu ? Ralph ? Un autre voyageur ? Elle tend l'oreille. Puis le silence retombe, et il n'y a bientôt plus que le roulement régulier du train sur les rails. Elle a une envie folle d'entrouvrir sa porte, mais l'idée de risquer de se retrouver nez à nez avec Mathieu l'en empêche. Elle ferme les yeux, se laisse bercer par le roulement du train et le sommeil l'emporte.

Quand elle se réveille en sursaut au cœur de la nuit, elle met quelques secondes pour réaliser où elle se trouve. Elle attrape sa montre sur la tablette. Il est deux heures du matin. Elle se tourne et se retourne dans son lit, mais n'arrivant pas à se rendormir, décide d'aller faire un tour. Elle pousse doucement la porte de sa cabine, et se faufile dans le couloir désert. Un courant d'air frais la saisit. Elle frissonne dans sa chemise de nuit, va aux fenêtres, en ouvre une, pose ses coudes sur le rebord et le menton sur ses mains, laisse ses pensées divaguer. Dans ce train qui file dans la nuit, rien n'a de réalité. Ici, tout est possible. Elle est hors du monde, hors du temps.

Soudain, un bruissement derrière elle. Elle se retourne et

retient un cri. Adossé à la porte de sa cabine, Mathieu la regarde. Depuis combien de temps est-il là, invisible et silencieux dans la nuit du wagon ? Quand elle s'est mise à la fenêtre, il aurait dû parler, dire un mot pour sortir de cette situation, mais il ne l'a pas fait. Le train faisait entendre son roulement régulier, l'air de la nuit faisait bouger le voile blanc de la chemise d'Angèle et la lune dessinait les courbes de son corps. Surpris, il a gardé le silence. Maintenant ils se font face et il se sent coupable, tel un voyeur, incapable de prononcer un seul mot. La scène est d'une sensualité qui lui coupe le souffle. Ses yeux accrochés aux siens, Angèle reste aussi immobile que lui et dans le silence qui se prolonge tous deux se laissent emporter par un trouble qui les traverse et les anéantit. Le roulis les berce et le train file à vive allure comme s'il ne devait jamais arriver où que ce soit.

Un toussotement rompt brutalement le charme. En voyant le sourire en coin du contrôleur, Mathieu s'empêtre dans des explications maladroites, et rejoint sa cabine précipitamment. Gênée, Angèle regagne aussitôt la sienne sous le regard amusé de l'intrus, pas dupe.

56

Se retrouver devant le château de Versailles quand on arrive d'un petit village de montagne et qu'on n'a rien vu de plus grand que l'église Saint-Vincent à Bagnères-de-Bigorre est un choc. Perfection du classicisme français, symétrie, inspiration antique, goût du somptueux et du monumental, devant cet emblématique témoin de l'art français des XVIIe et XVIIIe siècle, Angèle est abasourdie.

– Aujourd'hui, grâce à Dieu et aux dons inespérés de cet Américain, vous contemplez le château restauré en partie. Les touristes sont revenus. Un million de personnes sont déjà venues admirer les lieux ! Un million, c'est extraordinaire ! Et nous attendons le roi George VI, sa femme Elizabeth et leurs deux filles ! Versailles a retrouvé son éclat, le château est à la mode. Pourtant il y a peu encore, il agonisait. On a peine à l'imaginer mais c'était une ruine.

Le jeune conservateur chargé de les accompagner pour leur montrer les marbres décrit un carnage. Quand Louis XVI et Marie-Antoinette ont quitté le palais, le château est resté désert, livré au massacre insidieux des ans.

– Les splendeurs de son architecture cachent encore une misère profonde. Atteintes par la maladie de la pierre, les balustrades s'effritent, tandis que des hectares de toitures laissent en de nombreux endroits filtrer l'eau qui détériore le gros œuvre… Zola l'écrivait en 1871 : « La sève de la vie ne monte plus dans ses pierres qui s'émiettent ; la ruine vient, implacable, rongeant les angles, descellant les dalles, faisant à chaque heure son travail de mort. » Mais ne parlons plus du passé. L'heure est à l'optimisme. Allons plutôt voir les marbres les plus beaux du monde !

Plein d'énergie il les conduit directement au Grand Appartement du roi et leur fait traverser au pas de course les salons d'Hercule, de l'Abondance, de Vénus, de Diane, de Mars, de Mercure, d'Apollon, de la Guerre, puis s'arrête net à la galerie des Glaces. Tel un propriétaire émerveillé, il se tourne vers le trio qui reprend son souffle. D'un ample mouvement, il désigne avec emphase la longue salle couverte d'or, de peintures, de marbres et de miroirs qui les reflètent à l'infini.

– Ici, vous avez le plus imposant rassemblement de marbres au monde. Pas moins de mille deux cent trente-cinq mètres carrés ! Contre sept cent vingt-deux de peintures, et à peine deux cent vingt-quatre de miroirs. Pour prendre la mesure de ce qu'il faut réparer ou remplacer, rien que dans les appartements du roi, vous en avez pour un bon moment. Et ce n'est pas fini !

Mathieu, Ralph et Angèle sont éblouis. La luxuriance du palais, ces marbres qui de haut en bas recouvrent les murs du Grand Appartement du roi, ces salons en enfilade qu'ils viennent de traverser, cette galerie : ils sont époustouflés.

Mathieu savait qu'il y avait quantité de marbre à Versailles, mais à ce point il ne l'aurait jamais imaginé. Les cheminées, les murs, les sols. Dallages, rosaces, placages muraux, embrasures de fenêtre et de porte, dans ce temple de l'art à la française tout est marbre. Mosaïque, cercle, rectangle, ellipse, compositions colorées soulignées de blanc, socles des statues, piédouches, dessus de meubles, escaliers, pas un centimètre n'échappe au vertige marbrier qui a été la grande passion du Roi-Soleil. L'art des tailleurs de pierre est à son apogée. Versailles est un chef-d'œuvre et les marbres pyrénéens y sont tous. Les plus beaux, les sublimes. Le Campan vert et le « grand mélange », le fastueux Sarrancolin d'Ilhet et de Beyrede-Jumet, le blanc de Saint-Béat, le griotte de Félines, l'incarnat de Caunes-Minervois, le Skyros doré de Thomières, jusqu'au marbre perdu, le Grand Antique d'Aubert.

Pendant deux jours entiers, sans prendre le temps de respirer, rédigeant note sur note, le trio remplit des cahiers entiers en s'émerveillant devant chaque cheminée, chaque embrasure sophistiquée, chaque rosace sur laquelle poser le pied. Des montagnes d'Occitanie au plus petit recoin de l'immense château, au Pavillon Français, au Grand Trianon, aux appartements de la reine, au boudoir de la duchesse d'Orléans, dans la salle des gardes, la chambre de Louis XVI, dans la chapelle royale, sur les autels, les salles de bains, les appartements du dauphin, de la dauphine, partout, partout où ils vont, Mathieu, Angèle et Ralph découvrent que le marbre est partout. Un vertige époustouflant !

Éreintés, surexcités, ils vont d'une salle à l'autre, se montrent leurs découvertes, s'enthousiasment, et oublient tout. Il n'y a plus ni patron ni secrétaire, ils ne sont plus que trois amis emportés par un émerveillement commun qui les réunit autour de cette pierre magique avec laquelle chacun a un lien fort et personnel.

Le soir au dîner, Ralph commande du champagne et lève sa coupe aux marbres qu'il a rencontrés au cours de ses nombreuses vies d'avant. Un marbre madréporique des Écaussines rempli d'osselets pétrifiés d'encrinite, un Jaune Antique de Macédoine cristallisé par un feu violent, des marbres noirs qui, affirme-t-il, dégageaient des siècles après d'horribles odeurs fétides. Reptiles, dinosaures du Sichuan, dragons ailés happés en plein vol, il conte les monstres antiques emprisonnés avec leurs excréments dans des soulèvements volcaniques qui les ont fondus, malaxés, transformés en pierre. Une alchimie dans laquelle il voit une intervention divine, seule capable de faire de la matière la plus vile une splendeur marbrière.

– On ne sait jamais ce qu'on fait remonter du passé. Entrailles de monstre puant ou merveilles embaumées de la nature ? Fleurs, poissons, oiseaux, arbres ? Le marbre est une strate du temps…

– Au marbre, aux nôtres et à tous les autres ! s'enthousiasme Angèle en levant sa coupe dans un élan spontané.

Elle a pris de l'assurance, se laisse aller à rire, à parler. Elle est grisée et le laisse voir. Surpris, Mathieu l'observe. Elle écoute Ralph, visiblement sous le charme. Il faut dire que l'ami est charismatique, il s'exprime avec facilité et une conviction qui envoûtent. Se déverse de sa bouche tout un monde d'étrangetés. Il a tant voyagé, vu tant de pays, de villes. Angèle retrouve le Ralph de Saragosse qui avait entrouvert pour elle les portes du monde magique de la minéralogie. Jaloux de son intérêt, Mathieu s'en agace et bout intérieurement. L'ingénieur géologue en lui résiste à apporter des précisions scientifiques à un discours qu'il estime être un ensemble d'approximations plus ou moins romanesques. Les dragons ont-ils seulement existé ? Mais Ralph lève sa coupe.

– Le marbre est une poésie des mondes invisibles, clame-t-il.

Mathieu se détend et sourit. Son ami est dénué de tout calcul et rien ne pouvait être dit d'aussi juste. Il regarde Angèle rire en cognant sa coupe contre celle de Ralph et se demande comment il a fait jusqu'ici pour ne pas voir son charme. Et même davantage : sa beauté. Elle n'a plus rien de la secrétaire timide et un peu raide qu'il croisait au bureau. L'image de la jeune femme s'échappant au bras d'un autre au Frascati le traverse, il la chasse aussitôt. Angèle croise son regard et lui sourit avec une spontanéité qui le bouleverse. Elle a le visage de l'innocence. À son tour, il lève sa coupe vers la sienne. La nuit est douce, ils sont ensemble, heureux, passionnés par cette pierre merveilleuse qui leur tourne la tête autant que le champagne doré qui coule dans leurs gorges. Autant que ce sentiment qui monte en eux et, déjà, les réunit.

57

Le voyage à Versailles a été une parenthèse magique, d'absolue entente, de travail, de rires et de complicité. Dès le premier matin, quand elle arrive dans leur bureau, Josette perçoit le changement. La porte de séparation est ouverte, Mathieu et Angèle rient comme de vieux amis. Elle les interrompt, vaguement contrariée.

– Je ne voudrais pas gâcher votre plaisir, mais figurez-vous qu'en votre absence les blocs de Grand Antique qui avaient disparu depuis des années ont été retrouvés !

Les rires s'arrêtent net. Angèle blêmit.

– Ils étaient à Bordeaux, incroyable, non ? Des trafiquants les avaient coulés dans le port.

Josette raconte que François et une vingtaine de carriers sont arrivés dans la nuit à la tête de deux grands chars tirés par cinq paires de chevaux. Aidés par les dockers du port, ils ont réalisé l'exploit titanesque de sortir les blocs de marbre de la rade dans laquelle ils étaient envasés. Leur retour fait le tour de la ville, et on ne parle plus que de celui qui a permis tout ça.

– François ! s'exclame Angèle.

Josette la détrompe. C'est un Espagnol, un ami de François. Mais ils n'auraient rien pu faire sans les carriers et les dockers. À Bordeaux ils étaient plus d'une centaine. Ils ont fourni tous les appareillages et cordages nécessaires. Et ils sont allés chercher au fond d'un vieil entrepôt des agrès et une machine à bras pivotante conçue pour soulever des colonnes royales. Une antiquité qui, bien graissée et rafistolée, a fait le travail. Inimaginable !

Mathieu n'en revient pas.

– Pendant des années, dit-il, le port a été bloqué par un amoncellement de tonnes de marbre, de pierres et autres colonnes. Des chutes accidentelles de cargaisons, des livraisons frauduleuses jetées en catastrophe par des râteliers pressés de décharger pour ne pas se faire prendre ont retenu la vase et provoqué l'ensablement des abords des quais. Impossible pour les navires de s'approcher. Ils restaient en attente au loin, effrayés par cette masse d'écueils. Les armateurs déposaient plainte sur plainte et, dans l'attente de solutions qui ne venaient jamais, on a construit des radeaux pour approcher les navires marchands, charger et décharger. Un vrai foutoir ! Jamais résolu malgré des années d'enquêtes, de recherche de responsabilité, de tergiversations techniques, d'opérations de dévasement et de construction de nouveaux bassins. Les cent quatre-vingts blocs et les quinze colonnes qu'ils ont quand même réussi à sortir en construisant spécialement des agrès et toutes sortes d'engins ont été en partie stockés dans les magasins, mais d'autres sont restés pendant des années sur les quais, gênant le commerce, le passage des voitures et des piétons. L'envasement du port ! Un enfer ! Et ça continue. Rien n'arrête les trafiquants.

Il reprend son souffle.

– D'où tu sors tout ça ? s'étonne Josette.

– Je suis ingénieur, j'ai fait de longues études, dit-il en regardant Angèle du coin de l'œil, manière de lui dire qu'il n'y a pas que Ralph qui sait des choses. Puis, se retournant brusquement vers Josette.

– Où sont-ils ?

– Sur l'allée des Coustous, François, les carriers, les chars, les chevaux et les blocs.

– Viens Angèle, dit alors Mathieu en l'entraînant. On y va.

Il lui a pris la main, il la tutoie. Josette, ahurie, manque s'en étrangler.

L'allée des Coustous est en effervescence. Tout le monde se bouscule pour admirer les blocs de Grand Antique. Robert, le maire du village, est aux premières loges. Enthousiaste, il félicite François, les carriers et serre vigoureusement la main de l'étranger en les remerciant tous d'avoir accompli cet exploit. Louise est là avec Catherine. Angèle court vers sa mère. Elles s'enlacent, la gorge nouée. Pour Louise, revoir les blocs des jumeaux est une émotion très forte, mais pas aussi douloureuse qu'elle le redoutait. Elle a repris des forces et le goût de vivre. Angèle s'approche, touche les blocs du plat de la main. Ils sont là, ils sont revenus. Les larmes montent à ses yeux. De loin elle sourit à François, qui parle avec Mathieu et l'Espagnol qui les a aidés. Curieusement Mathieu a l'air bien familier avec cet homme que personne ne connaît… Tout le monde les entoure, on veut savoir comment ils ont fait, où étaient les blocs, qui les avait volés, cachés. Dans cette agitation personne ne remarque un couple qui arrive sur l'allée. Distante comme à son habitude, hautaine, Sophie n'a aucune envie de rejoindre la foule qui se presse mais, quand elle aperçoit Mathieu, elle lâche le bras de son mari et se dirige droit sur lui. D'autorité elle écarte les uns et les autres. Elle est furieuse, loin d'avoir digéré l'histoire de son fils Antoine qui est toujours là-haut. Soucieux d'éviter un esclandre son mari la suit, prêt à lui demander d'être raisonnable, quand soudain elle pousse un cri atroce, un hurlement venu d'on ne sait quelles profondeurs de son corps. Sur l'allée, tout le monde est tétanisé. Plus personne ne bouge.

Ce cri a figé la foule. Plus pâle que la mort, Sophie regarde l'Espagnol comme si elle voyait un fantôme. Et à la stupéfaction de tous, elle se jette à son cou et le serre en sanglotant. La foule est saisie, Henri Laplace sidéré. Sa femme embrasse cet inconnu, le couvre de baisers et de larmes ! Et il comprend. Cet étranger, Sophie l'a reconnu, elle l'a retrouvé ! Il l'enveloppe déjà de ses bras, et à son tour la serre tout contre lui. Ils sont seuls au monde et s'embrassent d'un baiser qui n'en finit pas. Quand l'inconnu relève enfin la tête, Angèle le voit pour la première fois. Stupéfaite, elle s'approche, n'osant reconnaître dans ce visage brûlé ce regard unique au monde, cette tache sous l'œil. Au même moment, Mathieu aperçoit le bracelet d'or au poignet de Sophie et l'image du couple caché derrière la marbrerie le percute juste avant qu'Angèle tombe à terre, évanouie.

58

Le traumatisme est grand. L'inconnu n'est pas espagnol. Il s'appelle Clément Arguenos. Il est un des jumeaux. Sophie agrippée à son bras, il s'approche d'Angèle, la relève, l'enlace et murmure à son oreille :

– Dégage !

Elle s'accroche à lui, bouleversée, incrédule. Son frère ! C'est son frère ! Il est vivant, il est revenu !

Devant une foule silencieuse et ébahie, Clément Arguenos raconte son histoire. Au front, lui et Vincent ont été immédiatement adoptés par les autres soldats. Ils avaient bon moral. Persuadés que tout allait vite se terminer ils voyaient cette guerre comme une parenthèse, une chance dont il fallait profiter. On leur avait fourni de beaux uniformes, de la bonne « gnole », ça rigolait et ça jouait. La veille de l'assaut, Clément a joué sa médaille en or. Et l'a perdue. Celui qui l'a gagnée l'avait autour de son cou quand un obus leur est tombé dessus. Clément est le seul à en être sorti vivant. Brûlé, il n'entendait plus rien, ne pouvait plus parler. On l'a rapatrié. À l'hôpital, personne ne savait qui il était, et lui ne s'en souvenait plus. Quand la mémoire lui est revenue, c'était trop tard. Son nom était gravé sur le monument aux morts. Comment faire après ça ? Comment montrer aux siens ce visage qui lui faisait tellement honte ? Il est passé en Espagne, a voulu reprendre son métier. Mais son corps ne répondait plus, et dans une carrière le manque de Vincent était impossible à surmonter. C'est là qu'il s'est mis à fréquenter les salles de jeux et à miser pour de bon.

Pour oublier les années d'horreur et ce visage défiguré, il est devenu ce joueur élégant et efficace qui fait frémir toutes les tables de poker. Aujourd'hui, il est celui dont on dit qu'il a l'instinct du diable et qu'il joue comme un dieu.

Plus tard, dans l'appartement d'Angèle où ils se sont réfugiés en famille, Louise et Angèle retrouvent son regard rieur, son sourire. Ce charme incroyable qu'il a toujours eu est là, intact. Elles acceptent sa résurrection comme on accepte un miracle. Le plus délicatement qu'il a pu, Marcel l'a annoncé à Joseph. Il leur dit que, là-haut, celui-ci a eu un tel choc qu'il a dû s'asseoir. Qu'il est resté longtemps sans pouvoir prononcer un mot. Mais quand il a parlé, ça a été pour dire que les jumeaux étaient un duo inséparable, qu'aucun d'eux n'aurait abandonné l'autre sur le champ de bataille.

– J'ai tout fait pour le convaincre de venir, mais tu le connais, Louise, toi aussi Clément…

Louise sait. Joseph n'a appris qu'une chose dès sa petite enfance. Taper sur le rocher, ne se plaindre de rien et ne rien attendre. La faim, le froid, la pluie qui trempe les corps jusqu'aux os, dominer la souffrance, les peurs les plus instinctives de l'homme, il a tout surmonté. Cette force inhumaine, c'est la conquête de sa vie. Seule la mort des jumeaux a pu le fracturer. Allant chercher au plus profond, comme on refermerait une pierre fendue par le tonnerre, il a réussi non pas à cautériser, mais à ignorer la blessure béante. Revoir Clément sans Vincent serait trop violent, il ne le supporterait pas. Louise sait qu'il restera là-haut, dans la réalité qu'il s'est choisie. Indépendant, libre, seul au monde et au plus près du ciel avec ses fils. Des jumeaux inséparables et magnifiques.

Dans l'appartement d'Angèle, apaisée, Louise prépare le repas du soir. Une garbure, la soupe du pays. Angèle et Clément auraient beaucoup à se dire mais ils se contentent d'être réunis. Ils retrouvent le calme et l'amour dont ils ont tant manqué.

59

Dans le salon cossu de la grande maison sur les bords de l'Adour, Louis Gruet connaît le moment le plus violent de toute sa vie. L'affront que lui a fait Sophie, en se jetant devant tout Bagnères dans les bras de ce fils de carrier, est le pire qu'il ait jamais connu. Ici il est un « moussu », comme on dit. Quelqu'un qu'on respecte, qui est à la tête de la plus grosse affaire de toute la région, dirige des centaines d'employés et décide de tout. Surtout dans sa propre famille. Or il ne savait rien de cette liaison ancienne et son gendre vient de lui avouer qu'après l'avoir dit à sa mère, Sophie lui avait tout avoué avant de l'épouser. Notamment sa grossesse.

– Cet enfant n'était pas le mien, mais il l'est devenu.

Louis Gruet a manqué s'en étouffer. Lui seul ignorait tout. Il tombe des nues, il a été dupé. Dans sa tête, cette révélation est un chaos. Antoine serait donc le petit-fils de Joseph Arguenos !

– Comment un homme digne de ce nom peut-il accepter une situation pareille ! s'étrangle-t-il.

La réponse de son gendre le laisse sans voix.

– Par amour, Louis. J'aime Sophie et, de toute façon, qu'Antoine ait été conçu par moi ou Clément ne change rien pour vous. Il reste votre petit-fils.

Son gendre n'a jamais été un homme fort, simplement il était l'héritier des plus grosses ardoisières de la région. Position qui compensait largement aux yeux de Louis Gruet son manque de stature. Mais de là à donner son nom à un bâtard ! Il n'en revient pas.

Ulcéré, atteint dans sa fierté, il se retourne vers sa femme. Avec des mots violents, dégradants, il déverse contre elle sa fureur d'homme dupé.

– Tu es une garce ! Une garce qui ment, vole son mari et prostitue sa fille…

Mme Gruet blêmit sous la charge.

– Tu me fais passer pour un idiot. Moi, le moussu devant lequel toute la ville se prosterne ! Comment tu as pu ?

– Et toi ? s'interpose Sophie, outrée. Comment oses-tu lui parler sur ce ton ?

Il se tourne vers elle. Sophie est portée par une force qu'il ne lui connaît pas. Le retour de son grand amour a réveillé toute la ferveur dont elle est capable. Implacable, elle poursuit :

– Tu as brisé le cœur de maman, tu as rejeté ton propre fils et tu n'as plus jamais voulu en entendre parler parce qu'il ne ressemblait pas à l'idée que tu te faisais d'un homme ! Tu nous reproches de ne t'avoir rien dit ? Mais qu'est-ce que maman aurait pu te dire ? Que j'étais enceinte d'un autre ? Que le père de l'enfant était un simple homme du trou qui partait à la guerre ? Comme si tu pouvais l'accepter !

Elle éclate d'une rage profondément enfouie et trop longtemps retenue.

– Maman m'a protégée de ta fureur, elle nous a protégés mon fils et moi. Je lui dois tout, à maman ! Grâce à son courage Antoine a eu un père, et nous avons été heureux avec Henri.

Elle s'arrête un instant. Reprend son souffle.

– Tu as l'air surpris, pourtant c'est vrai. Nous formons une vraie famille. On ne s'est pas menti parce qu'on sait s'écouter. Toi tu n'as jamais écouté maman quand elle essayait de te parler de mon frère ! Et la vérité, c'est qu'elle se meurt tous les jours de t'avoir obéi ! Tous les jours, elle se demande où est son fils, s'il va bien, s'il souffre, s'il est à la rue. Un martyre qui la dévore !

– Vous m'avez trompé ! hurle Louis Gruet dans un sursaut.

– Quoi ? Tu oses nous parler de tromperie ? Mais c'est nous qui avons été trompées ! Par ton assurance, tes certitudes, ton pouvoir ! Tu es un tyran, papa. Et on ne parle pas à un tyran, on lui obéit. Et quand on ne peut pas faire autrement, on le trompe. Ne viens pas t'en plaindre !

La charge a enfoncé le patriarche dans son fauteuil. Il reste muet. Mais, des insultes, il en a entendu beaucoup dans la vie mouvementée de son entreprise et il a toujours réglé le problème. En force.

– Dehors ! hurle-t-il.

Soulagée d'avoir tout déversé, Sophie embrasse sa mère, prend son manteau, son sac, et se tourne vers son mari.

– Viens, Henri. On s'en va.

Henri Laplace veut adoucir la violence de l'échange. Il n'est pas adepte de tragédies. Contrairement à ce que dit Sophie emportée par la colère, son beau-père n'est pas un tyran. Avec sa diplomatie habituelle, il dit à Louis Gruet ce qu'il aime entendre. Que sa fille a le même tempérament volcanique que son père, qu'elle a sa force, qu'elle lui ressemble beaucoup.

– Vous comprenez pourquoi je lui obéis. D'ailleurs je la rejoins vite, sinon je crains le pire. À demain, c'est dimanche. On sera là pour le déjeuner.

Louis Gruet lui serre la main et le remercie. Son gendre n'est pas un homme à poigne, mais c'est un homme bien. Mais tout Bagnères est au courant. D'ici peu Antoine va lui aussi apprendre de qui il est réellement le fils. Que se passera-t-il alors ? Déterminé à garder son petit-fils dans le giron des grandes familles Gruet et Laplace sans que personne chez ces miséreux d'Arguenos s'avise de venir le réclamer, Louis Gruet se tourne vers sa femme, encore pétrifiée.

– Donne-moi mon pardessus, mon foulard, mon chapeau, et appelle notre avocat. Dis-lui de venir me retrouver immédiatement au bureau. Il faut protéger Antoine.

Mme Gruet se lève, et s'exécute immédiatement. Loin d'être abattu, son mari prend les choses en main. En l'aidant à mettre son pardessus et tout en lui tendant son chapeau elle le regarde, admirative. Il n'est pas un grand patron pour rien.

60

Quelques jours après cet incroyable revirement de situation, l'allée des Coustous a retrouvé son calme, la vie a repris son cours. Mathieu et Angèle sont au travail. L'un comme l'autre, perdus dans leurs pensées, classent en silence les notes rapportées de Versailles. Dans la tête de Mathieu, des images défilent, se mélangent. Le couple enlacé s'embrassant au milieu de la foule, Angèle s'effondrant au sol, et ce même couple bien des années auparavant caché derrière la marbrerie et qu'il avait surpris. Cet homme, ce joueur d'exception sur lequel il a tant fantasmé était le jeune homme, et aussi le frère de sa secrétaire ! Celui auquel il avait prêté une vie d'aventurier n'a pris le train qu'une seule fois dans sa vie. Un train qui ne l'a jamais emporté à l'autre bout du monde, mais juste à l'autre bout de la France, dans la boue des champs de bataille. S'il n'était Clément Arguenos, ce jumeau pour lequel Sophie Gruet a fait voler en éclats son image lisse et sa respectabilité, la magie du joueur en aurait pris un sacré coup ! Mais qu'un homme puisse provoquer chez une femme une telle puissance d'amour, il en est bluffé. Il regarde Angèle, se demande dans quel chaos mental elle est elle-même plongée.

Angèle trie les notes, il l'observe du coin de l'œil. Elle est ailleurs, se remémore les pleurs de Sophie Gruet à l'église. C'était le lendemain du départ des jumeaux. Angèle comprend que Sophie devait pleurer Clément, qu'elle priait pour qu'il revienne vivant. Elle devait être terrifiée de le perdre. Cette ferveur avec laquelle elle a hurlé son amour pour lui au milieu de toute la ville, jamais Angèle n'aurait cru qu'une fille comme elle en soit capable. Se jeter ainsi sur lui en oubliant tout autour d'elle, sa position, son mari, la foule ! Leur baiser, leur passion qui a fait fi de toutes les pudeurs et de toutes les convenances ont marqué Angèle au fer rouge. Saurait-elle l'aimer aussi fort, avec autant de certitude, envers et contre tout ? Elle lève les yeux et croise le regard de Mathieu, qui baisse aussitôt le sien. Une fraction de seconde elle pense à aller vers lui et à l'embrasser aussi fougueusement que l'a fait Sophie, sans lui laisser le temps de dire quoi que ce soit. Que veut-il ? La voit-il ? Ce baiser sur sa tempe, son regard sur elle dans la nuit du train, a-t-elle rêvé ces instants, ces images qui la hantent ? Mais elle ne se lève pas, elle ne l'embrasse pas fougueusement. Tant bien que mal, raisonnable, elle discipline ses pensées et les focalise sur l'histoire d'amour qui est au cœur de toutes les conversations. Dans toutes les maisons, les cafés, les boutiques, on ne parle que de ce couple hautement improbable, Clément Arguenos et Sophie Gruet. Que va-t-il se passer ? Comment vont réagir Henri Laplace et le père Gruet ? Joseph Arguenos est-il au courant ? Les amants vont-ils s'enfuir ensemble ? Certains l'affirment déjà, d'autres prétendent que cette folie ne durera pas, que le père Gruet y mettra bon ordre. Ceux-là espèrent voir la morale l'emporter, les autres rêvent de voir l'amour triompher. Toute la ville est en feu. Des souvenirs fervents et des espoirs déçus ressurgissent. Cet amour jeté en pâture au beau milieu de l'allée a réveillé en chacun des désirs enfouis, des amours avortées, des trahisons, des jalousies dévorantes. Le bruit circule déjà que le petit Antoine n'est pas le fils d'Henri, mais celui de Clément Arguenos. La secrétaire de l'avocat des Gruet n'a pas tenu sa langue. Un combat juridique va-t-il s'engager ? Et que peuvent les Arguenos contre une famille aussi puissante que celle des Gruet ? Tous guettent la suite des événements, à l'affût de la moindre information, du moindre potin.

À la marbrerie, Germain Arras a convoqué en urgence Mathieu et Josette dans son bureau. Louis Gruet, déterminé à récupérer son petit-fils, s'apprête à envoyer là-haut de vrais durs pour le faire redescendre *manu militari*. Et il est hors de question que qui que ce soit s'y oppose. Personne, ni Germain, ni Mathieu, ni leurs hommes là-haut, ne doit intervenir. Louis Gruet veut récupérer Antoine avant que les Arguenos ne manifestent la moindre prérogative.

– Les hommes de Gruet n'ont rien à faire dans ma carrière, s'énerve Mathieu. Je monte.

– Tu restes là ! ordonne Germain. Antoine a disparu ! Marcel vient de me prévenir, la rumeur de sa filiation est montée jusqu'à la carrière, sans rien dire à personne, il s'est enfui. Quand ils s'en sont aperçus, les carriers sont partis à sa recherche, mais vu le changement de météo qui s'annonce, ils n'ont pas beaucoup de temps devant eux et ils sont très inquiets.

– Louis ne doit pas envoyer ses gars là-haut, ça va être un carnage. Je dois l'en empêcher.

Ni Germain ni Josette ne peuvent le retenir, Mathieu est déjà parti chez Gruet. La secrétaire de ce dernier, stupéfaite, le voit passer à grands pas devant elle et entrer dans le bureau de Louis Gruet.

– Quoi ? Qu'est-ce…

Louis Gruet s'est levé de son siège, mains sur son bureau, prêt à mordre. Mathieu ne lui en laisse pas le temps.

– Antoine a disparu, dit-il sans préambule. L'orage menace, mes hommes sont déjà partis à sa recherche. Les vôtres risquent de tout compromettre en provoquant un conflit. Les carriers là-haut ne supporteront pas de voir des gros bras intervenir sur leur secteur. Laissez-nous faire. Là-haut, ils sont les meilleurs. Ils savent comment se comporter dans la tempête et connaissent les lieux par cœur. On va retrouver Antoine, je vous le promets.

L'orage gronde au loin. Louis Gruet regarde par la fenêtre. Le ciel s'est assombri de nuages lourds, menaçants. Mathieu a raison, il le sait. Un orage en montagne est le pire qui puisse arriver. Mais un homme de sa trempe n'a pas l'habitude de se laisser dicter sa conduite. Il s'apprête à répondre vertement qu'il sait ce qu'il fait quand un éclair aveuglant zèbre le ciel et éclaire le bureau dans ses moindres recoins. Louis Gruet sursaute, effrayé. Il n'a pas le temps de se remettre qu'un terrible coup de tonnerre fait vibrer toutes les vitres qui explosent. Louis Gruet se laisse retomber dans son fauteuil, livide. Son petit-fils est là-haut, perdu. Il n'est plus soudain qu'un vieil homme désemparé, qui n'a jamais grimpé le moindre sommet ni affronté aucun orage là-haut. Jamais Mathieu ne l'a vu ainsi. Louis Gruet le regarde, hoche la tête en signe d'assentiment et congédie ses hommes.

– Je te confie mon petit-fils, Mathieu, ramène-le-moi, dit il dans un souffle.

Dans sa maison des bords de l'Adour, Louis Gruet attend dans l'angoisse avec sa femme, son gendre et sa fille accourus. Clément et Louise, avertis par Angèle, attendent eux aussi, bouleversés et tendus, comme toute la ville où enfle la rumeur.

Tous ont les yeux rivés sur les sommets, sur ce ciel déchiré devenu aussi sombre que l'encre la plus noire. Les hommes du trou, là-haut, savent que dans ces hautes solitudes de pierre et de granite, l'orage transforme leur montagne en un monstre capable du pire. Pas de refuge possible pour celui qui s'est égaré. Le moindre rocher ferrugineux devient un piège mortel. Un seul bout de métal touché par la foudre envoie en enfer ceux qui se trouvent autour. En Ariège, deux hommes ont instantanément grillé au pied d'une croix, et les exemples de malheureux emportés par des boues ruisselantes et projetés dans les torrents après des chutes vertigineuses sont légion. Rares sont les humains qui connaissent suffisamment la montagne pour échapper à sa fureur. Antoine n'a aucune chance d'en revenir vivant.

Au plein cœur de la nuit, l'orage éclate et, en moins de temps qu'il n'en faut pour le dire, la ville ruisselle. Des torrents d'eau boueuse dévalent des sommets et la rivière déborde. On n'a jamais vu l'Adour dans cet état. Dans l'affolement chacun protège sa maison, colmate les portes, bricole des barrages de fortune. De sa fenêtre, Sophie voit les employés monter une digue aux abords de la marbrerie et de leur maison. Le fleuve grossit, menace. Elle ferme les yeux, pense tout à la fois à Antoine perdu là-haut et à Clément. Elle a dû s'arracher de ses bras et se meurt. Elle veut être près de lui. Mais c'est Henri qui pose sa main sur son épaule. Il ne lui a posé aucune question, ne lui a fait aucun reproche. Quand Clément l'a lâchée pour relever Angèle évanouie, la foule les a séparés. Elle était à nouveau seule, sans lui, perdue. Henri l'a simplement ramenée dans leur maison. Sentant sa main sur son épaule, elle a un geste de recul et pleure. C'est Clément qu'elle aime et qu'elle veut. Ça ne changera jamais et son mari le sait.

Angèle et Louise ne connaissent pas le jeune Antoine. Elles n'avaient aucune raison de le rencontrer, encore moins de lui parler. Angèle n'a que le souvenir de ses trépignements d'enfant gâté. Aujourd'hui elles savent qu'il est leur neveu et leur petit-fils. Bouleversées, elles se serrent toutes les deux contre Clément. Il est blême.

À l'aube, l'orage s'est calmé. La ville a eu très peur et tout le monde est sous pression. Le maire a réuni les Bagnérais en urgence dans la salle des fêtes pour faire le bilan des dégâts. Beaucoup de maisons ont été envahies de boue et d'eau. Le moral est bas. La fatigue, l'attente et l'incertitude ont creusé des sillons sur les visages. Tous regardent le maire. Que faire maintenant ?

Ils sont tellement occupés, épuisés, que personne ne voit

une silhouette se découper dans l'encadrement de la porte de la salle communale. Seul Henri Laplace se retourne instinctivement et pousse un cri. Toute la salle se retourne. Antoine est là, en chair et en os ! Il s'avance et Clément comprend que ce jeune inconnu, c'est son fils. L'assemblée retient son souffle, tous ont les yeux rivés sur eux.

– Papa !

Antoine vient de se précipiter dans les bras d'Henri Laplace qui le reçoit en plein cœur. L'émotion est à son paroxysme. La salle est à fleur de peau. Ce cri d'amour touche le cœur de tous les pères présents, même les plus endurcis. Et plus encore ceux de Louis Gruet qui a renié son fils, et de Germain qui n'a pas su aimer le sien. Le cœur battant, Angèle voit les yeux de Clément s'embrumer. Elle attrape sa main et la serre de toutes ses forces. Ce fils dont son frère ne connaissait même pas l'existence ne sera jamais vraiment le sien. Leur ressemblance est pourtant criante. L'extrême dureté du monde minéral auquel il s'est confronté a métamorphosé le petit trépigneur en un jeune homme splendide. Pour la première fois, Angèle le voit de près et en a la respiration coupée. Il a le regard des jumeaux, la tache sous l'œil, l'allure de Clément. La salle s'est tue, on entendrait voler une mouche. Sophie a vu la scène et vacille. Sa tête tourne, son fils est là, vivant. Elle se jette sur lui, le couvre de baisers. Puis elle reprend sa respiration, regarde Henri, murmure quelque chose à son oreille puis, laissant son fils et son mari ensemble, elle va prendre le bras de Clément et se blottit contre lui. Pour que personne n'en doute, elle dit qui est son homme. Son grand amour, celui dont rien, jamais, ne la séparera.

61

Un an plus tard.

À Bagnères la vie a repris son cours, les affaires dans le marbre tournent de mieux en mieux. Comme Mathieu le prévoyait, Louis Gruet a tout misé sur les importations de plaques et équipé son entreprise des outils les plus performants pour les transformer en objets de toutes sortes. Il a triplé son chiffre d'affaires, et travaillé comme un forcené avant d'être foudroyé par une attaque. Aujourd'hui, il se déplace dans un fauteuil roulant poussé par une infirmière. Avec l'aide d'Henri, il a convaincu Antoine de partir faire l'école des Mines d'Alès pour lui succéder à la direction de la marbrerie. Antoine est parti à Alès mais n'a rien promis pour la suite. Clément et Sophie ont quitté la ville. On dit qu'ils sont en Espagne. Louise sait que son fils est heureux, elle n'en demande pas plus. Souvent elle pense à Joseph qui est toujours là-haut, mais cela fait bien longtemps qu'elle ne l'attend plus. Son plaisir est d'aller voir Angèle et de lui porter régulièrement de bons petits plats. Elle trouve que sa petite ne se nourrit pas assez bien, et qu'elle travaille trop. Angèle s'est jetée à corps perdu dans le travail des marbres de Versailles. Mathieu s'y est totalement investi. Il s'est mis en tête de visiter toutes les églises de la région, jusqu'à la plus petite chapelle, pour en répertorier les merveilles qui s'y trouvent. Ralph les accompagne régulièrement, et depuis peu, Élise s'est jointe à eux. Angèle a remarqué que Ralph en semble particulièrement heureux. Il a même offert à Élise la plus mystérieuse des obsidiennes. L'œil céleste.

– C'est un talisman puissant, lui a-t-il dit. Une pierre qui transforme tout en lumière.

Josette a vu suffisamment de couples se former dans les ateliers de la marbrerie pour n'avoir aucun doute sur le lien qui est en train de se tisser entre Ralph et Élise. Mais ce n'est pas ça qui l'inquiète, au contraire elle s'en réjouit. C'est Mathieu. Angèle et lui étaient prêts à tomber dans les bras l'un de l'autre. Elle l'a senti. Elle en a été convaincue à leur retour de Versailles, et même avant. Pourtant rien ne se passe. Après la révélation de l'incroyable histoire d'amour entre Clément et Sophie, c'est comme s'il n'y avait plus de place pour aucune autre. Tous deux sont plongés dans le travail, ils plaisantent ensemble, mais c'est tout. Josette se fait du souci. La nouvelle passion de Mathieu pour les marbres des petites carrières, dont les uns et les autres délaissent l'exploitation pour s'embaucher chez Gruet, l'accapare entièrement et fait frémir Germain. À juste titre. Mathieu ne semble plus concerné par l'entreprise. Ils se disputent sans cesse. Aujourd'hui, après avoir vu les comptes, Germain le fait venir.

– Soit tu te reprends, soit je ferme la marbrerie ! Je ne peux pas me battre seul avec un marché qui s'emballe, et il est hors de question que je finisse sur un fauteuil comme Gruet !

– Tu as raison, lui répond Mathieu. J'ai beaucoup réfléchi et j'ai un remplaçant à te proposer.

Germain le regarde, incrédule.

– Prends François. J'ai les diplômes, mais je n'ai pas sa hargne de gagneur. Je ne vois pas ma vie comme une course à la réussite. Lui, si. Gruet vient de lui confier encore plus de responsabilités. Il a les contacts de tous les fournisseurs étrangers, c'est lui qui négocie. Tu es bien placé pour le faire venir. Et je te conseille d'embaucher aussi sa femme, Jeanine. Une dégourdie qui fait tout pour lui et va le soutenir. Tu ne peux pas trouver mieux. Avec ce duo à la tête de la marbrerie Arras, Gruet va avoir une sacrée concurrence.

Germain est soufflé. Comment son fils peut-il abandonner pareil héritage ? Il faut être fou !

– Je n'abandonne rien. Je vois les choses différemment, c'est tout. Les petites carrières ferment, c'est une hérésie. Elles ont les plus beaux marbres. Je me moquais de Joseph Arguenos, mais je découvre à quel point il avait raison.

Germain n'en croit pas ses oreilles. Une entreprise se transmet de père en fils. Seul un Arras peut prendre la tête de sa marbrerie.

– Réfléchis bien, Mathieu ! Tu as intérêt à être sûr de toi parce qu'on n'y reviendra pas. Et si tu t'obstines ne compte pas sur moi ni sur les fonds de la marbrerie pour venir à ton secours.

Mathieu acquiesce et lui confirme posément qu'il n'est pas l'homme de la situation. Germain est hors de lui.

– Alors, oublie tes belles voitures et tes luxueux costumes !

– Je les regrette déjà. Mais le prix à payer pour les conserver est trop cher.

Mathieu ne veut plus passer sa vie à brasser des chiffres dans un bureau pour finir ses journées vidé. Produire plus, gagner plus, il en a vu les limites. Ce qu'il veut, c'est un atelier comme celui de son grand-père autrefois. Il veut travailler la matière comme lui. Faire moins mais faire bien, et en y prenant plaisir. Il interpelle Angèle.

– Je vais visiter un atelier. Tu viens ?

Étonnée, Angèle acquiesce et se lève. Germain en reste bouche bée, Josette est ravie.

Au bout d'une ruelle, il y a un vieil atelier parfait pour ce que Mathieu souhaite en faire. Ils entrent, Mathieu en fait le tour et annonce à Angèle qu'il s'installe ici.

– Ici ?

Angèle ne peut s'empêcher de sourire.

– Je ne t'imagine pas du tout dans cet endroit, sans ton luxueux bureau et ta lampe d'Eileen Gray !

– Mais je compte les emporter, s'empresse-t-il d'ajouter.

Angèle ne sourit plus.

– C'est sérieux ?

– Je ne l'ai jamais été plus qu'en cet instant.

Il lui précise aussi qu'elle ne risque rien pour son travail. Germain va la garder pour épauler Josette qui vieillit. La gorge d'Angèle se noue. A-t-elle bien compris ? Mathieu la quitte. Elle croyait qu'ils étaient indissociables, qu'ils vivaient une aventure commune. Or voilà qu'il parle de son seul avenir à lui, surexcité comme un enfant avec un nouveau jouet. Ralph va l'aider à lancer l'atelier et il veut racheter de petites carrières oubliées. Angèle a un haut-le-cœur. Le bureau de Mathieu sera occupé par François, le sien par Jeanine, et elle ira dans celui de Josette. Soufflée, elle tourne les talons et quitte l'atelier sans un mot.

– Angèle ! Angèle, attends !

Elle ne veut plus l'entendre, elle se bouche les oreilles et court se réfugier chez elle, foudroyée. Elle l'a aidé à redresser la marbrerie, à développer les commandes grâce au palais de Versailles. Ils étaient complices, ils étaient heureux. Comment peut-il l'abandonner ? Pourquoi tout quitter sur un coup de tête ? Ce n'est pas juste. Peu à peu, son chagrin se mue en colère. Contre lui, puis contre elle-même. Je passe ma vie à fuir, se dit-elle. Comment lui reprocher de ne pas m'aimer alors que moi qui l'aime je ne lui ai jamais avoué mes sentiments ? Elle s'adosse à sa porte, se laisse glisser jusqu'au sol. Elle revoit Sophie capable de hurler son amour à la face du monde. Et moi ? se demande-t-elle alors. Qu'est-ce que je fais ici à me lamenter sur mon sort ? Ça suffit ! Elle se relève, passe une main nerveuse dans ses cheveux. Tu vas aller le trouver, s'exhorte-t-elle, tu vas aller lui dire ce que tu penses de son attitude, et surtout tu vas lui dire que tu l'aimes ! Déterminée, elle ouvre sa porte et s'arrête net.

Il est là. Il s'apprêtait à frapper. Aussi surpris qu'elle, il lui souffle d'une traite qu'il n'a pas osé le lui demander tout à l'heure parce qu'il ne pourra pas lui offrir la même sécurité que celle qu'elle a à la marbrerie, mais que si elle voulait tenter l'aventure de l'atelier à ses côtés, il en serait très heureux. En fait, plus qu'heureux. Il ne trouve pas les mots, rougit et désigne à ses pieds un petit chien ébouriffé et fougueux.

– Pour mettre toutes les chances de mon côté, je suis passé le prendre avant de venir.

Angèle n'arrive pas à parler. Mathieu est là, il a pensé à elle. Elle est coiffée n'importe comment, son visage est chiffonné, mais tout lui est égal. Il est là. Elle repense à Sophie, à la force de l'amour, et se jette à son cou. Surpris, il reste un instant les bras ballants avant de la serrer à son tour contre lui avec une ferveur qui le surprend lui-même. Leur baiser est doux, interminable. Comme les baisers des amours éternelles.

Épilogue

Antoine a terminé ses études, mais il a refusé la succession à la marbrerie. À son père et à son grand-père, il a expliqué qu'il remontait là-haut, à la carrière. Qu'il avait ça dans le sang. Qu'il ne s'était jamais senti bien en ville, et encore moins dans les bureaux de la marbrerie. Il n'a aucune envie de donner des ordres et de diriger des équipes. Il a vu le prix à payer. Il préfère la compagnie des hommes libres.

– Mais depuis quand ?

– Depuis l'orage.

Il raconte que cette nuit-là, il a quitté la carrière sans trop savoir où aller. Il venait d'apprendre qu'il était le fils d'un inconnu au moment même où il espérait devenir un homme par amour pour son père, Henri. C'était un déchirement insupportable. De cet autre père inconnu, il ne voulait rien savoir. Ni son nom ni son histoire. L'orage assourdissant cognait contre la roche, il marchait sous des rideaux de pluie, glissait sur la pierre, s'agrippait. Il luttait contre le chagrin et contre les éléments.

– J'ai cru mourir ce soir-là. J'ai vraiment cru que tout allait s'arrêter. Que je ne vous reverrai jamais. Soudain, un homme m'a barré le chemin. Je l'ai reconnu tout de suite. Ce carrier, je l'avais vu avec Marcel. Il était grand, le visage fermé, impressionnant. Il m'a demandé où j'allais. J'ai dit que je ne savais pas. « Si tu ne sais pas, c'est que tu ne vas nulle part. Et il n'y a qu'un imbécile pour aller nulle part dans cet orage. Es-tu un imbécile ? »

Sans cet homme, dit Antoine à son père et à son grand-père stupéfaits, il ne s'en serait pas sorti vivant. Il était épuisé, trempé, l'orage cognait de plus en plus fort.

– Il me faisait un peu peur, mais je l'ai suivi. Je ne voulais pas mourir, et il avait le pas sûr. Il m'a aidé à rejoindre les abords de Bagnères, et en partant il m'a dit qu'il était mon grand-père, mais qu'il ne voulait pas d'un imbécile pour petit-fils. Et puis il s'est approché, m'a regardé sous toutes les coutures. « Si tu as besoin de moi, tu n'auras qu'à siffler. Je viendrai. » Et il a ajouté : « C'est fou ce que tu leur ressembles. »

Personne n'avait compris comment Antoine avait pu revenir sain et sauf. Il avait raconté qu'il s'était débrouillé tout seul. Trop heureux de le revoir on l'avait cru. Après tout, il y a bien des miracles. Mais avec ce récit l'histoire devenait évidente. Le miracle portait un nom : Joseph Arguenos.

On dit qu'Abel le berger est toujours vivant. Un mystère. Comme si les années pour lui ne comptaient pas. Recouverts de cailloux, de terre et de lichen à l'entrée de la carrière, les blocs des jumeaux n'avaient jamais disparu. Ils étaient restés sur place. Abel les avait camouflés. Du coup l'entrée était devenue si étroite qu'elle avait presque disparu, raison pour laquelle le maire lui-même ne la retrouvait plus. Un jour, le hasard a mis les blocs entre les mains de fraudeurs, mais Abel veillait. Lui seul savait que Clément était le joueur, il a dit à Royo d'aller l'avertir. Les blocs des jumeaux ne pouvaient pas finir dans la vase du port de Bordeaux.

Aujourd'hui, au musée du marbre de Bagnères-de-Bigorre, on peut voir une immense table en marbre taillée dans des blocs de Grand Antique à livre ouvert. Une splendeur !

La rumeur dit que ce sont les marbres perdus.

Bernadette Pécassou-Camebrac
Paris-Bernac-Debat
28 mars 2023

REMERCIEMENTS

Je remercie chaleureusement pour leur aide généreuse et compétente :

Giorgio Rivieri, carrier, découvreur et exploitant du prestigieux Grand Antique,

Christian Piketti, président de l'Union nationale des industries de carrières et minéraux,

Xavier Marquié, dirigeant de La Maison des cailloux à Lannemezan, spécialiste passionné des marbres des Pyrénées,

Bénédicte Magnin, conservatrice du Musée du marbre de Bagnères-de-Bigorre,

Jean-Michel Lardit, dirigeant d'entreprise, famille de scieurs de marbre,

Anne-Marie Goux, collectionneuse passionnée de minéraux, créatrice de bijoux à Bagnères-de-Bigorre,

José Cubero, agrégé d'histoire, auteur de la remarquable *Histoire sociale et industrielle des Pyrénées*,

Michel Bilotte, géologue spécialiste des Pyrénées, professeur émérite de l'université Paul-Sabatier de Toulouse, à titre posthume Jean Battle, ingénieur de l'école des Mines, ancien directeur de Rocamat, pour le témoignage précis et précieux qu'il a laissé aux archives du Musée du marbre,

et enfin à tous ceux, marbriers, carriers et descendants de carriers qui, au hasard des rencontres, m'ont confié leurs souvenirs.

DU MÊME AUTEUR

LA BELLE CHOCOLATIÈRE, Flammarion, 2001, J'ai lu, 2014
LE BEL ITALIEN, Flammarion, 2003, J'ai lu, 2014
L'IMPÉRATRICE DES ROSES, Flammarion, 2005, J'ai lu, 2007
LA VILLA BELZA, Flammarion, 2007, J'ai lu, 2008
LA PASSAGÈRE DU FRANCE, Flammarion, 2009, J'ai lu, 2011
LA DERNIÈRE BAGNARDE, Flammarion, 2011, J'ai lu, 2013
SOUS LE TOIT DU MONDE, Flammarion, 2013, J'ai lu, 2014
JE SUIS DE CELLES QUI RESTENT, Flammarion, 2016, J'ai lu, 2017
L'HÔTELIÈRE DU GALLIA-LONDRES, Flammarion, 2018
GENEVIÈVE DE GAULLE. *Les yeux ouverts*, Calmann-Lévy, 2019
LE BÛCHER DES CERTITUDES, Albin Michel, 2021

Composition IGS-CP
Impression CPI Bussière en septembre 2023
Éditions Albin Michel
22, rue Huyghens, 75014 Paris
www.albin-michel.fr
ISBN : 978-2-226-46444-6
N° d'édition : 24556/01 – N° d'impression : 2072431
Dépôt légal : octobre 2023
Imprimé en France